www.ingramcontent.com/pod-product-compliance
Lightning Source LLC
LaVergne TN
LVHW051007051026
849532LV00005B/1851
* 9 7 8 9 3 5 8 7 2 8 7 6 7 *

حسن کا کرب

(افسانے)

(رسالہ 'قرطاس' کے شماروں سے منتخب شدہ افسانے)

مرتب:

محمد امین

Husn ka Karb (Short Stories)

Edited by: Mohammad Ameen

Edition: December '2023

Publisher :

Taemeer Publications LLC (Michigan, USA / Hyderabad, India)

ISBN 978-93-5872-876-7

9 789358 728767

کتاب : **حسن کا کرب** (افسانے)

مرتبہ : **محمد امین**

صنف : فکشن

ناشر : تعمیر پبلی کیشنز (حیدرآباد، انڈیا)

سالِ اشاعت : ۲۰۲۳ء

صفحات : ۵۰

سرورق ڈیزائن : تعمیر ویب ڈیزائن

فہرست

(۱) خوش دامن

اقبال سلیم

جہاں تک چوٹی کا سوال ہے خوش دامن کی چوٹی کے سوا دنیا کی تمام چوٹیاں سر کی جا چکی ہیں۔ یعنی وہ زلف گرہ گیر بھی جس کے متعلق چچا غالب نے لکھا ہے:

کون جیتا ہے تیری زلف کے سر ہونے تک

ابتدائے آفرینش سے ہی خوش دامن اپنے فولادی وجود کے لیے مشہور یا بدنام ہے۔ تمام اقوام عالم میں خوش دامن کے رنگ اور نسل میں تضاد کے باوجود روح ایک ہی ہے۔ اس کے رعب و دبدبہ کا یہ عالم ہے کہ وہ بیک وقت اپنے خاندان کی وزیر اعظم، وزیر داخلہ اور وزیر خزانہ ہوتی ہے جس کے تصور سے بہوؤں کے ذہن میں مٹی کے تیل کا ڈبہ اور ماچس رقص کرنے لگتے ہیں۔ اب رہے داماد تو ان کے احساسات کا اندازہ اس دلچسپ لطیفے سے لگایا جا سکتا ہے کہ: ایک خاتون نے پولس میں اپنے شوہر کی گمشدگی کی رپورٹ درج کرائی۔ بر سبیل گفتگو تھانیدار صاحب نے دریافت کیا: "اگر ہماری رسائی آپ کے شوہر تک ہو جائے تو ان کے لیے آپ کا پہلا پیغام کیا ہو گا!" خاتون نے برجستہ جواب دیا: "بس اتنا کہیں کہ امی جان یعنی ان کی خوش دامن نے ہمارے گھر آنے کا اپنا ارادہ منسوخ کر دیا ہے۔"

اگلے وقتوں کے بزرگ بقول شخصے یونانی دیومالاؤں کی طرح کائنات کی کنجیاں اپنے پاس رکھتے تھے۔ ان کی رضا اور مرضی کے بغیر ادھر کا تنکا ادھر نہیں کیا جا سکتا تھا۔

خصوصاً ان کی مرضی اور پسند کے بغیر دلہن لانے کی سزا برخوردار کے کورٹ مارشل پر ختم ہوتی تھی یعنی اسے جائیداد سے عاق کر کے گھر بدر کر دیا جاتا تھا۔ یہ اور بات ہے کہ آج گنگا الٹی بہتی ہے۔ اگلے وقتوں کے یہ سرگشتہ خمار رسوم و قیود بزرگ خود ہی چراغ لے کر اپنی دانست میں چندے آفتاب چندے مہتاب سی بہو تلاش کرتے تھے پہلے اس کا حسب و نسب اور جغرافیہ کھنگالا جاتا تھا۔ اس سے مطمئن ہوئے تو اس کی چوٹی سے لے کر ایڑی تک ناپی جاتی تھی۔ البتہ لڑکے کے انتخاب میں کوئی خاص شرط نہیں ہوتی تھی دلچسپ بات یہ ہے کہ داماد یا بہو کے انتخاب میں ہونے والی خوش دامن کا اہم رول ہوتا تھا۔ ستم ظریفی دیکھئے کہ آج کے مہذب دور میں دلہن یا داماد لانا خصوصاً دلہن کا انتخاب ایک خالص کاروباری معاملہ بن گیا ہے۔ حسب و نسب کو بھاڑ میں جھونک کر بس کمر توڑ جہیز کے مطالبہ کو اولین شرط کے طور پر رکھا جاتا ہے یعنی جہیز میں کار بنگلہ اور بھاری زیور طلب کیا جاتا ہے چنانچہ آج یہ حال ہے کہ ایک بکری بھی دام دے کر خریدی جاتی ہے مگر لڑکی دام لے کر خریدی جاتی ہے گویا آج کی عورت اس مہذب دور میں جانور سے بھی سستی ہے۔ لگے ہاتھوں یہ بھی سن لیجئے کہ سات گاؤں چھان کر اور سونے چاندی میں تلوا کر لائی ہوئی یہ دلہن اپنی خوش دامن کے آگے ہر لمحہ لرزاں و پریشاں رہتی ہے اور ایک روبوٹ ہی کی طرح متحرک رہتی ہے مگر عمر کی ایک مقررہ منزل پر پہنچنے کے بعد اس لرزاں و پریشاں دلہن کے جسم میں ایک خرانٹ و سخت گیر خوش دامن کی روح حلول کر جاتی ہے۔ وہ بھول جاتی ہے کہ اس نے ایک عرصے تک اپنی خوش دامن کی جوتیاں سیدھی کی ہیں۔ یہ سلسلہ نسل در نسل قیامت تک چلتا رہتا ہے۔

خوش دامن داماد کے لیے بھی کچھ کم بلائے جاں نہیں ہوتی جیسا کہ اس مذکورہ لطیفے سے ظاہر ہے ہمیں خود بھی اس کا تجربہ ذاتی طور پر اس وقت ہوا جب ہمارے اگلے وقتوں

کے قدامت پسند بزرگوں نے جنہیں ہر دم اپنی ناک کا خیال دامن گیر رہتا تھا، شہر میں ہماری ملازمت اور قیام و طعام سے درپیش مسائل اور اس سے بھی زیادہ ہمارے خوشگوار اور شاندار مستقبل اور آسودہ حالی کو مد نظر رکھتے ہوئے ہمارے لیے جس لڑکی کا انتخاب کیا وہ قریب کے ایک گاؤں اور دور کے رشتہ داروں میں سے تھی، غالباً انھوں نے سوچا ہوگا کہ وہ اپنے چار بھائیوں میں سب سے چھوٹی اور اکلوتی ہے اس ناطے ہم بھی ان کے اکلوتے داماد اور سسرال کی آنکھوں کا تارہ بنے رہیں گے۔

شادی کے چند دن بعد ہم بیگم کے ساتھ سسرال روانہ ہونے اور تنگ گلیوں سے ہوتے ہوئے ایک پرانی وضع کی حویلی کے دروازے پر پہنچے جو حویلی سے زیادہ کسی جنات کا محل معلوم ہوتی تھی کہ دفعتاً ایک بڑی گلی سنسناتی ہوئی ہمارے پیروں کے قریب آ گری۔ ہم نے جھک کر دیکھا وہ ایک بے رنگ و روغن بیلن تھا جو عموماً روٹی یا پاپڑ بیلنے کے کام آنے کے علاوہ ایک مغلوب الغضب بیوی کا ہتھیار بھی ہوتا ہے۔ اس بیلن کی اڑان کے ساتھ ہی ایک تیز اور کرخت آواز فضا میں گونجی: "مردوے کو صبح سے کہہ رہی ہوں گھر میں مٹی کا تیل نہیں ہے ذرا دیر سے جاؤ تو ڈپو پر قطار لگ جاتی ہے۔ دھکے کھانے اور ادھ موئے ہونے کو۔۔۔ ادھر تمہیں ماٹی ملے شیراں (شعروں) کی پڑی ہے گھر میں داماد آنے والا ہے کیا اسے شیراں (اشعار) کھلاؤں! سر میں عقل ہو تو کوئی بات بھی ہو کل دس بار سمجھا کر بھیجا کہ لال مرچوں پر گیہوں نہ پسوانا۔ مگر آٹا آیا تو وہی لال لال۔۔۔ میں اکیلی جان کہاں تک دیکھوں! بچے تو سارا دن کھیت پر رہتے ہیں۔ باپ سے گھر کا ذرا کام نہیں ہوتا۔ صبح صبح چل دیئے لنگی پھٹکارتے۔۔۔ منہ سے ریل کی طرح دھواں اڑاتے۔ بیوی بچے جئیں یا مریں۔ کان پر جوں نہیں رینگتی۔ آدھی رات کو بستر سے اٹھ بیٹھے۔۔۔ بیگم اٹھو تو ذرا۔۔۔ واللہ! دیکھو تو کیا مار کے (معرکے) کا شیر (شعر) ہوا ہے۔۔۔ غضب خدا

کا۔ شیر (شعر) نہ ہوا دم کا شیر (شعر) ہو گیا۔

ہم نے دروازے میں گردن ڈالی۔ سامنے ایک بڑا آنگن تھا ایک طرف خسر صاحب نظر آئے جو ایک چنبیلی کے منڈوے تلے کھاٹ ڈالے کاغذ قلم ہاتھ میں لیے دنیا مافیہا سے بے خبر نیم دراز تھے جو اس بیلن کا اصل نشانہ تھے جو ان کی خوش قسمتی سے چوک گیا تھا۔ انھوں نے پڑے پڑے ایک سرد آہ بھری اور بولے:

ہم کہاں کے دانا تھا کس ہنر میں یکتا تھے
بے سبب ہوا غالب دشمن آسماں اپنا

ان سے کچھ فاصلے پر باورچی خانہ تھا جس کی دہلیز سے لگی خوش دامن بیٹھی نظر آئیں۔ بھاری بھرکم بدن جس کے چار حصے کئے جائیں تو ایک حصہ خسر صاحب کا بنتا تھا۔ تیوری چڑھی ہوئی جبڑے کسے ہوئے اور کلے میں پان دبا ہوا ہم اس مجسم غیض وغضب کی زیارت کر ہی رہے تھے کہ انھوں نے دوسرا تیر چلایا "میرے گھر والے مجھے ایک ماسٹر کے پلے باندھنے کو کہاں راضی تھے۔ ان کی ماں ہی نے تو ان کی دہلیز پر دھرنا دیا تھا کہ یہاں سے خالی ہاتھ میری میت ہی جائے گی۔ میں نصیبوں جلی آخر کس کا گلہ کروں!" یہ سن کر خسر صاحب تلملا اٹھے ایک تیز نظر بیوی پر ڈالی اور ضبط کر کے بولے:

نہ لڑ ناصح سے غالب کیا ہوا جو اس نے شدت کی
ہمارا بھی تو آخر زور چلتا ہے گریباں پر

ہماری پشت سے بیگم نے کھسیانی ہو کر سرگوشی کی: "بابا ایک اسکول پڑھاتے ہیں۔ گھر کی کچھ فکر نہیں بس جب دیکھو غزل بنائی جارہی ہے ہر معاملے میں غالب کے حوالے دیتے جارہے ہیں اسی لیے تو اماں جان کڑھتی تھی۔"

ہم آگے بڑھے تو گوبر اور سڑی ہوئی گھاس کی ملی جلی سڑاند کا ایک تیز بھبکا ہماری

ناک سے ٹکرایا۔ ہم نے ایک ہاتھ سے ناک دبا کر جو نظر اٹھائی تو آنگن کے سرے پر ایک چھپر تلے چار پانچ بھینسوں کو بیٹھے جگالی کرتے پایا۔ ہم دونوں کو دیکھ کر دونوں میاں بیوی بڑبڑا کر اٹھ کھڑے ہوئے پھر دیکھتے ہی دیکھتے خوش دامن نے پچ سے پان کی پیک زمین پر ماری سر پر پلو درست کیا اور مجسم شفقت و اخلاق بنی قریب آئیں اور ہمارے سلام کا جواب دے کر سوالات کی بوچھار کر دی۔

"اچھے تو رہے میاں۔۔۔!"

"جی۔۔۔ آپ کی دعا ہے۔"

"گھر میں تو سب خیریت سے ہیں نا!"

"جی ہاں! سب نے آپ کو سلام کہا ہے۔"

پھر وہ ایک لمحہ رک کر پریشان سی ہو کر بولیں: "آگ لگے دشمنوں کو۔۔۔ کیا بیمار پڑ گئے تھے؟"

"جی نہیں!"۔۔۔ ہم نے ہنس کر کہا۔ "خدا کے فضل سے اچھے ہیں۔"

"کیا خاک اچھے ہیں۔۔۔" وہ افسوس بھرے لہجے میں بولیں "ہمارے گاؤں میں تو دودھ اور گھی کی ندیاں بہتی ہیں وہاں تمہارے شہر میں پانی بھی اصلی کہاں ملتا ہوگا!"

یہ سن کر خسر صاحب جھوم اٹھے۔ "سبحان اللہ! کیا شان تکلم ہے کیا با محاورہ زبان ہے اور کیا نازک خیالی ہے۔" بیگم! پانی تو وہاں ضرور ملتا ہوگا مگر پینے کے لائق کہاں! کبھی کبھار نلوں میں آ جاتا ہے۔ یوں سمجھو: "گر جائے تو پانی ہے رک جائے تو موتی" اس پر خوش دامن جل بھن گئیں اور ادھر ادھر کی باتوں کے بعد بیٹی کو لے کر اندر چلی گئیں تو خسر صاحب نے ٹھنڈی سانس بھری "بھائی! عورت بھی کیا چیز ہے۔ ملے نہ ملے پچھتاوے ہی پچھتاوے۔ بلاشبہ ہم اپنے دور کے غالب ثانی ہیں۔ ایک پھندا چالیس برس

سے گلے میں پڑا ہے نہ پھندا ہی ٹوٹتا ہے نہ دم ہی نکلتا ہے۔"

قصۂ مختصر: رات کو دستر خوان چنا گیا مرغ کا سالن پکا تھا ایک ٹانگ ہماری پلیٹ میں بھی پڑی تو ہوش اڑ گئے، بلاشبہ ایک چھوٹی بکری کی ران تھی رد عمل ظاہر کرنا آداب شائستگی کے خلاف تھا مرتے کیا نہ کرتے پل پڑے انگلیوں سے ادھیڑا نہ گیا تو دانتوں سے کام لینا چاہا اس کھینچا تانی میں سارا منہ لتھڑ گیا۔ بیگم ہنسنے لگیں مگر خوش دامن کا منہ بن گیا "کیا تمہارے دودھ کے دانت ہیں میاں! ایک مرغ کی ٹانگ نہ کاٹی گئی! تمہاری ماں نے آخر کیا پلا کر پوسا تھا۔ جو یوں موم کے گڈے لگتے ہو۔ مجھے دیکھو اگلے وقتوں کی کھلائی پلائی تھی جو بجلی کے کھمبے کی طرح بھی اپنی جگہ جمے کھڑے ہیں گھر میں دودھ گھی بنتا تھا۔ پچھواڑے میں سبزیاں بوتے تھے۔ گائے، بھینس اور مرغیاں پلتی تھیں۔ پانی کی جگہ دودھ پیتے تھے۔ منہ نہار مکھن کے ڈلے نگلے جاتے تھے۔ ایک تم لوگ ہو کہ ایک چھینک بھی آئی تو کمبل لپیٹے سوں سوں کرنے لگے۔ پچاس کے بھی نہ ہوئے کہ زمین اپنی طرف بلانے لگی۔ آخر کتنا کما لیتے ہو؟"

عورت کی عمر اور مرد کی آمدنی کا سوال ہر لحاظ سے بڑا بھونڈا اور غیر مہذب ہے۔ اس کا احساس بھلا ان "ہندوستانی بدوؤں" کو کیا ہو سکتا تھا۔ ہم کبیدہ خاطر تو بہت ہوئے مگر چونکہ اخلاق کا تقاضہ تھا لہٰذا ضبط کیا اور مزاج کی ساری تلخی سسرال کی نام نہاد مروت و شفقت میں ڈبو کر کہا: "یہی کوئی پانچ ہزار۔۔۔!"

یہ سن کر ان کے ماتھے پر بل پڑ گئے پھر فخریہ لہجے میں بولیں: "بس پانچ ہزار۔۔۔! اتنا تو ہم اپنی بھینسوں کا دودھ بیچ کر ہر ماہ کما لیتے ہیں۔"

اتنا کہا اور سنبھل کر ہو بیٹھیں جیسے کوئی اہم بات کہنے جا رہی ہوں "میاں! تم اپنے خسر کو دیکھو، یہ بھی اسکول میں پڑھاتے ہیں اور جتنا کماتے ہیں اس کا زیادہ تر حصہ چائے،

سگریٹ اور دوستوں پر اڑ جاتا ہے۔ جہاں نوکری نے انہیں بگاڑا وہاں ان کے "شیروں" (شعروں) نے ان کی لٹیا ڈبو دی۔۔۔ میری مانو تو نوکری چھوڑ کر یہاں چلے آؤ آٹھ دس بھینس پال لینا روزی کی روزی اور گھر میں دودھ کی ندیاں الگ بہیں گی۔۔۔ ہاں!"

ہمارے پاؤں تلے زمیں نکل گئی زبان سے بے اختیار نکل گیا: "تو کیا ہم گوالے بنیں۔!"

تڑسے بولیں: "واہ میاں! وہاں شہر میں لوگ جوتے بیچتے ہیں تو کوئی انہیں چمار نہیں کہتا، لانڈری کھول کر میلے کپڑے دھوتے ہیں تو دھوبی نہیں کہلاتے تو تمہیں گوالے کون کہے گا! ہمیں پیسوں سے مطلب ہے۔ دودھ بیچو یا جوتے۔۔۔ ایک ہی بات ہے۔" جب یہ ٹیڑھی کھیر حلق میں اٹکنے لگی تو ہم نے جان چھڑانے کو کہا: اچھا۔۔۔ ہم سوچیں گے۔"

بیگم نے ان کا دفاع کرتے ہوئے سرگوشیوں کے درمیان ہمارے زخموں پر نمک چھڑکا: "سوچنے سے کچھ نہ ہو گا، جتنا سوچیں گے اتنا ہی ڈوبیں گے۔ ذرا خیال کریں، آپ بھینس چرائیں گے اور میں دودھ دوہوں گی۔ گھی اور چھاچھ میں بناؤں گی اور آپ بیچیں گے نہ کسی کی نوکری ہو گی نہ کسی کے جوتے گانٹھنے پڑیں گے۔۔۔ آہاہا۔۔۔ بڑا مزہ آئے گا۔" ہم سوچ رہے تھے کہ اس وقت قیامت کیوں نہ آگئی کم از کم زمین ہی پھٹ جاتی اور ہم اس میں سما جاتے۔

دفعتاً دیر سے خاموش بیٹھے ہوئے خسر صاحب نے ٹھنڈی سانس بھری اور ہماری طرف جھک کر سرگوشی کی "بھائی! اللہ تم پر رحم کرے۔ بھینس آدمی کی صحبت میں رہ کر آدمی بنیں یا نہ بنیں مگر بھینسوں کی صحبت میں رہ آدمی بھینس ضرور بن جاتا ہے۔ آج ثابت ہو گیا۔"

پھر وہ ہمارے دفاع میں بیوی کی طرف مڑ کر بولے "بیگم! بھینسوں کی پرورش کے

لیے بھینسوں کی سی عقل چاہیئے وہ بھلا اس بے چارے کے پاس کہاں!"۔۔۔ اس سے پہلے کہ خوش دامن کی تیوری پر بل پڑیں وہ اٹھ گئے۔

ہمارا خیال تھا کہ بات آئی گئی ہو گئی ہو گی مگر صبح تڑکے ہم چہل قدمی کو باہر نکلے تو خوش دامن چھپر میں جھاڑو دینے کے بعد بھینسوں کو نہلا رہی تھی، ہمیں دیکھ کر بولیں: "کہاں چلیں میاں!"

ہماری جو شامت آئی تو کہا: "ذرا ہوا کھا آئیں گے، گاؤں کی ہوا صاف اور صحت کے لیے مفید ہوتی ہے۔"

خوش ہو کر بولیں "ہوا ہی نہیں سب کچھ اچھا ہوتا ہے۔ بس ذرا سمجھ چاہیئے۔ مگر تمہارے خسر صاحب کی سی نہیں۔۔۔ چلو ذرا یہ گوبر کی بالٹی وہاں کونے میں رکھ آؤ۔ دوپہر کو مجھے اپلے بنانے ہیں۔۔۔ یہ لو! تمہارا منہ کیوں لٹک گیا۔ تم کیا جانو! صرف اپلوں سے ہی چار سو روپئے کی ہر ماہ آمدنی ہو جاتی ہے۔ میاں تم نے وہ کہاوت نہیں سنی، آم کے آدم اور گٹھلیوں کے دام۔

سمجھ میں نہ آرہا تھا کہ قدرت ہمیں آخر کس گناہ کی سزا دینے جا رہی ہے۔ عجب عبرت کا مقام تھا۔ جی چاہتا تھا کہ اسی وقت کسی طرف کو نکل جائیں۔۔۔ خوش دامن سے دور۔۔۔ خوش دامن کی بھینسوں اور گھی دودھ کی ندیوں سے دور، مگر بمشکل ضبط کیا اور اخلاق اور فرماں برداری کا مظاہرہ کرتے ہوئے ایک ہاتھ سے ناک دبائی اور قسمت کو کوستے ہوئے دوسرے ہاتھ سے بالٹی اٹھا کر چلے تو پشت سے ان کی شکر میں گھلی ہوئی آواز سنائی دی۔

"تمہیں ابھی سے یہ سب کچھ سیکھ لینا چاہیئے میاں! جب کوئلے کی دلالی ہی کرنی ہے تو ہاتھ کے کالے کا کیا ڈر!"

غرض! ہم چہل قدمی سے لوٹے تو ناشتہ تیار تھا۔ دستر خوان پر چاول کی روٹیوں کے علاوہ مونگ دال اور ایک طشت میں کچی سبزیاں مثلاً گاجر، مولی، پالک کا ساگ وغیرہ ڈھیر تھے۔ ہم صورت حال سمجھنے کی کوشش کر ہی رہے تھے کہ خوش دامن نے سبزیاں کاٹ کاٹ کر ہماری پلیٹ میں ڈال دیں۔ ہم نے بیگم کی طرف سوالیہ نظروں سے دیکھا تو بجائے ان کے خوش دامن نے ہمیں سمجھایا: "کچی سبزیاں صحت کے لیے مفید ہوتی ہیں بے وقوف ہیں وہ لوگ جو انہیں پکا کر کھاتے ہیں۔۔۔ چلو بسم اللہ کرو۔"

ہمارے ہاتھوں کے طوطے اڑ گئے۔ خسر صاحب نے سر گوشی کی: "چپ چاپ زہر مار کر لو جب او کھلی میں سر دیا ہے تو سبزیوں سے کیوں ڈرو" مجھے دیکھو چالیس برس سے مجھ پر موسل برس رہے ہیں۔"

پانی سر سے اونچا ہو چکا تھا اب ہمارے لیے کوئی چارہ نہ رہ گیا تھا کہ ہم اپنا قیام مختصر کر کے سسرال کو خیر باد کہہ دیں۔ چنانچہ ضروری کام کا بہانہ کر کے اگلے ہی دن ہم شہر لوٹ آئے اور سکون کا سانس لیا۔ جان بچی لاکھوں پائے۔ مگر ایک مہینہ بھی نہ گذرا تھا کہ گاؤں سے خوش دامن کا خط بیگم کے نام آیا کہ "وہ جلد ہی اپنے بہت سارے منصوبوں کے ساتھ گھر آ رہی ہیں۔"

اب یہ حال ہے کہ ہم نے عارضی طور پر ترک مکانی کر کے ایک ہم راز دوست کے ہاں پناہ لے رکھی ہے یعنی عرف عام میں "گم شدہ" ہو گئے ہیں اس امید میں کہ بیگم نے اخبار میں تلاش گمشدہ کا اشتہار دے کر پولیس میں بھی رپورٹ درج کرائی ہو۔ کوئی تھانے دار صاحب ہمیں تلاش کرتے ہوئے آ جائیں اور بیگم کا پیغام بھی ساتھ لائیں کہ "ان کی امی جان یعنی ہماری خوش دامن نے ہمارے گھر آنے کا اپنا ارادہ منسوخ کر دیا ہے۔"

(۲) سرِ راہ

اختر النساء قریشی

آج کمپیوٹر کلاس میں کچھ خاص Function کو Explain نہیں کیا گیا۔ کچھ مزا نہیں آیا بھئی۔۔۔ مطربہ نے راستہ چلتے ہوئے زنیرہ سے کہا۔ "اللہ! دیکھو کتنا پیارا بچہ ہے دل چاہ رہا ہے کہ اسے وہاں سے اٹھا کر ساتھ لے جاؤں۔" ارے! زنیرہ۔ میں تم سے کیا بات کر رہی ہوں اور تم کیا جواب دے رہی ہو! یہ بچے کا ذکر کہاں سے بیچ میں آ گیا۔ مطربہ نے متعجب ہو کر زنیرہ سے پوچھا۔

ہاں! نہیں تو کیا دیکھو تو کتنا چھوٹا سا بچہ ہے، چلو اسے اٹھا کر گھر لے چلیں۔

بس! اب تم اس بات پر عمل درآمد مت کرنا اور اس سے پہلے کہ تم اپنے ارادے کو پورا کرو قدم تیز تیز آگے بڑھاؤ اگر تاخیر ہو گئی تو گھر میں ڈانٹ مجھے ہی پڑے گی تم تو بچ جاؤ گی۔ مطربہ نے تفکر آمیز لہجے میں زنیرہ سے کہا۔

زنیرہ اور مطربہ دونوں آپس میں ماموں پھوپھی زاد بہنیں تھیں۔ زنیرہ اپنے ماموں کے گھر گرمیوں کی چھٹیوں میں شادیوں میں شرکت کی غرض سے کانپور سے لکھنو آئی ہوئی تھی۔ چونکہ مطربہ کمپیوٹر کورس کر رہی تھی تو زنیرہ نے بھی ایک ماہ کے لیے class join کر لی تھی۔

یہ دونوں جلدی جلدی گھر پہنچیں لیکن زنیرہ کا دھیان اسی کوڑے کے ڈھیر میں اٹک کے رہ گیا تھا۔ زنیرہ نے سوچا" یہ مطربہ بھی عجیب لڑکی ہے۔ ذرا دیر رک جاتی تو میں اس بچے کو اس ڈھیر سے اٹھانے میں ضرور کامیاب ہو جاتی۔"

سوری مما ہم آج ذرا late ہو گئے ، دراصل اس زنیرہ کو کوڑے کے۔۔۔ مطربہ۔۔۔ مطربہ۔۔۔ میں کہتی ہوں خاموش رہو نہیں تو میں تم سے بات نہیں کروں گی زنیرہ نے مطربہ کو دھمکی دی۔

ارے !بات تو مکمل کرو ممانی نے درمیان میں ٹوکا۔ نہیں ممانی جان کوئی بات نہیں !یہ تو بس یونہی مطربہ کی زبان میں کھجلی ہوتی رہتی ہے۔۔۔ نہیں مما یہ زنیرہ۔۔۔ دیکھو مطربہ ! میں پھر کہہ رہی ہوں۔۔۔زنیرہ نے مطربہ کو حقیقت بیان کرنے سے باز رکھنا چاہا۔ مما یہ زنیرہ ہے نا اسے بس ہر اک پر۔۔۔ دیکھو مطربہ میں صحیح میں تم سے ناراض ہو جاؤں گی !اچھا چلو تم کہتی ہو تو میں نہیں بتاتی مطربہ نے زنیرہ کو اطمینان دلایا۔ اب خوش! چلو اب ذرا کچن میں جھانک آئیں۔ شام کے کھانے کی تیاری بھی کرنی ہے۔ہاں چلو زنیرہ نے کہا: دیکھو مطربہ اگر تم نے اس بات کا ذکر گھر میں کسی سے بھی کیا تو تمہاری میری دوستی ختم سمجھو۔۔۔ارے اتنی ناراضگی۔۔۔!ٹھیک ہے بابا میں کسی سے بھی نہیں کہوں گی خوش۔۔۔ مطربہ نے کہا۔

زنیرہ تم روٹیاں ڈال لو !میں باقی چیزیں تیار کر لوں گی۔۔۔ ارے !تم نے ابھی تک آٹا نہیں گوندھا! زنیرہ۔۔۔ تم کہاں گم ہو بھئی ؟ہاں۔۔۔ میں تم سے کہہ رہی ہوں زنیرہ!۔۔۔ہاں وہ بلی کا بچہ۔۔۔ زنیرہ نے چونک کر کہا۔ اف! میرے خدا۔۔۔ تم ابھی تک اسی کے بارے میں سوچ رہی ہو۔۔۔ مطربہ بولی اچھا چلو!یوں کرتے ہیں ابھی پانچ بج رہے ہیں۔ ہم چھ بجے تک پورا کھانا تیار کر لیتے ہیں۔ اس کے بعد چل کر اس بچے کو اٹھا لائیں گے۔۔۔ نہیں تو تم نیند میں بھی بلی کا بچہ۔۔۔بلی کا بچہ۔۔۔ چلاؤ گی۔

ارے ہٹو بھی اب !ایسی بھی بات نہیں۔۔۔بس۔۔۔ پتہ نہیں کیوں میں اس طرف سے ذہن نہیں ہٹا پا رہی ہوں۔۔۔ اچھا لاؤ میں تمہاری مدد کروں زنیرہ نے کہا۔

چلو بھئی اب اپنا کھانا تو تقریباً تیار ہو گیا۔ تم مما کو بتا کر آؤ تب تک میں کچن کا سامان سمیٹ لیتی ہوں۔۔۔زنیرہ کے کچن سے نکل جانے کے بعد مطربہ اپنے کام میں مشغول ہو گئی۔ اتنے میں زنیرہ چلاتی ہوئی آئی۔۔۔ مطربہ۔۔۔ مطربہ۔۔۔!کیا ہے بھئی کیوں چلا رہی ہو؟ارے!مطربہ سنو تو سہی، ممانی جان نے اجازت دے دی ہے۔اب ہمیں جلدی چلنا چاہیئے۔ کہیں ایسا نہ ہو کہ وہ بچہ وہاں سے کہیں اور چلا جائے۔۔۔

---oh yes! we are already too lateمطربہ نے کہا۔۔۔

---lets go nowزنیرہ۔۔۔زنیرہ ارے بھئی مجھے تو وہ بچہ دکھائی نہیں دے رہا۔

"دیکھو مطربہ!مجھے وہ بچہ ہر قیمت پر چاہیئے۔"اگر تم اس وقت ضد نہ کرتی تو وہ بچہ میرے پاس ہوتا۔۔۔زنیرہ نے مطربہ سے شکوہ کیا۔اب تم ہی اسے اس گندگی کے ڈھیر سے مجھے ڈھونڈ کر دو۔

I'll try my best 'OK۔۔۔اف!کتنی بدبو۔۔۔اور یہ زنیرہ اور اس کی یہ طفلانہ پسند۔۔۔اب تو وہ بچہ اسے ڈھونڈ کر دینا ہی ہو گا۔

کہاں گیا۔۔۔کہاں گیا۔۔۔ہاں!یہ رہا وہ بلی کا بچہ!

زنیرہ مل گیا۔۔۔دیکھو۔۔۔یہ رہا تمہارا بلی کا بچہ۔۔۔

ارے !دیکھو اب میں اٹھاؤں کیسے۔۔۔یہ کہیں کاٹے نہ۔۔۔ہاں۔۔۔نہیں کاٹا۔۔۔لو سنبھالو!تمہارا بلی کا بچہ مطربہ نے اپنے کپڑوں سے گرد جھٹکتے ہوئے زنیرہ سے کہا۔اب تو یہ میرا رقیب بن گیا۔تم نے اس سڑے بچے کے لیے مجھے اس گندگی کے ڈھیر پر بھیجا!میں اس کا بدلہ تم سے ضرور لوں گی۔۔۔دیکھ لینا ہاں!۔۔۔زنیرہ نے ہنس کر اس کی بات کے جواب میں کہا اب تم جو چاہو کر لو میں کچھ نہیں کہوں گی۔۔۔اب لاؤ وہ بچہ

مجھے دو۔ زنیرہ نے اس بچے کو مطربہ کے ہاتھوں سے لے لیا۔۔ اور ہاں! تمہیں میری وجہ سے جو تکلیف اٹھانی پڑی اس کے لیے sorry۔۔ ٹھیک ہے۔۔ ٹھیک ہے۔ اب چلو! سارے لوگ آتے جاتے ہمیں ہی دیکھ رہے ہیں کہ یہ لڑکیاں اس کوڑے کے ڈھیر پر کیا کر رہی ہیں۔۔ ہاں ہاں چلو یہاں سے جلدی چلیں۔۔ مما۔۔ مما۔۔ کیا ہے لڑکیوں! کیوں اتنا شور مچا رہی ہو؟

ان لڑکیوں کو کتنا ہی کہو کہ اب تم بڑی ہو گئی ہو ذرا آواز دبا کر بولا کرو۔۔ لیکن رب خیر کرے۔۔ آج کی یہ نئی نسل۔۔ ارے! یہ تم کیا اٹھا لائی ہو۔۔ ارے زنیرہ تمہارے پاس یہ بلی کا بچہ۔ ہاں ممانی جان میں نے اس بچے کو پالنے کا ارادہ کیا ہے اور اب یہ ہمارے ساتھ کانپور جائے گا۔

ٹھیک ہے بھئی۔۔ تم لوگوں کا بچپن ابھی تک گیا نہیں۔۔ جاؤ! اس بچے کو صاف کرو اور کچھ کھلاؤ پلاؤ۔۔ ممانی جان۔۔ ممانی جان۔۔ ارے زنیرہ اب کہہ بھی چکو کب سے کان کھا رہی ہو۔۔ ممانی جان آپ ناراض تو نہیں ہے نا؟۔۔ کس بات سے بھئی؟۔۔ اس بچے کی وجہ سے۔۔ ارے نہیں بیٹا تم لوگوں کے یہی دن تو موج مستی کے ہیں۔ لیکن بیٹا تم لوگ اک بات ہمیشہ یاد رکھنا کہ اپنی خوشی کے لیے ہم سے کسی کو ضرر نہ پہنچے۔ تم نے اپنے شوق کو پورا کرنے کے لیے وہاں سے اس بچے کو اٹھا لایا۔۔ لیکن کیا اس بات پر غور کیا کہ جب اس بچے کی ماں اسے تلاش کرے گی اور اسے وہاں نہ پائے گی تو اس کی ممتا کتنی تڑپے گی۔۔ چلو چھوڑو ان باتوں کو اور آؤ کھانے کے لیے پھر تمہیں صبح جلدی بیدار بھی ہونا ہے۔۔ ممانی نے کتنی صحیح بات کی۔۔ میں نے تو اس بات پر غور ہی نہیں کیا زنیرہ نے مطربہ سے کہا۔۔ زنیرہ کی بات سن کر مطربہ اس کا ارادہ بھانپ گئی اور اس سے کہا۔ اے بی بی! اب غور کرو بھی مت۔۔ کیونکہ مجھے پتہ

ہے غور کرنے کا نتیجہ۔۔۔اسے وہیں چھوڑ آنا ہو گا۔۔۔مجھے تو بہت بھوک لگی ہے۔۔۔میں تو اب بس کھانا کھاؤں گی اور سوؤں گی۔۔۔ مطربہ سنو تو میری بات۔۔۔ نہیں! مجھے کچھ نہیں سننا۔۔۔پہلے لانے کے لیے خوار کیا اب چھوڑ آنے کی بات کرو گی۔۔۔ارے ارے سنو تو! بے چاری زنیرہ چلاتی ہی رہ گئی، لیکن مطربہ نے اس کی ایک نہ سنی۔۔۔

اللہ! اب میں اس بچے کو کیسے چھوڑ آؤں۔۔۔زنیرہ متفکر ہوئی۔

ماموں جان! ہاں وہی ہے جو میری مدد کر سکتے ہیں۔ ہاں تو زنیرہ! کیا کہتی ہو۔ تمہاری بلی اور اس کا بچہ۔۔۔ مطربہ نے زنیرہ کو ستایا۔۔۔ تم تو مجھ سے بات نہ کرو۔۔۔اوہو! ہماری بلی ہم ہی سے میاؤں! مطربہ مسکرائی اور کہا۔۔۔

ارے! ہماری زنیرہ بیٹی کیوں ناراض ہے۔ پاپا کچھ نہیں یہ موصوفہ تھوڑی پاگل ہو گئی ہے۔۔۔ ارے! ہمیں تو کسی نے نہیں بتایا۔۔۔ کب ہوا یہ حادثہ۔۔۔ماموں جان! آپ بھی! اس آفت کی پر کالی کے ساتھ مل گئے۔۔۔ماموں جان دراصل۔۔۔ارے کہو بیٹی کیا بات ہے۔۔۔اسے اب بلی کے بچے کو واپس چھوڑ آنا ہے۔ مطربہ نے درمیان میں کہا۔۔۔تم تو اب اپنی چونچ بند ہی رکھو۔۔۔زنیرہ نے خفگی کا اظہار کیا۔ بلی کا بچہ! ارے بھئی یہ بلی کا بچہ کہاں سے درمیان میں آ گیا۔۔۔ ماموں جان اسے تو ہر معاملہ میں ٹانگ اڑانے کی عادت۔۔۔ مطربہ نے زنیرہ کا فقرہ اچک لیا اور تمہیں توڑنے کی۔۔۔ دیکھو مطربہ۔۔۔ہاں دکھاؤ! مطربہ میں تم سے ناراض ہوں بس۔۔۔ ارے مسئلہ کیا ہے جلدی بتاؤ کھانا ختم ہو گیا اور تم لوگوں کی نوک جھونک میں اصل بات رہ گئی مطربہ کے والد نے زنیرہ سے کہا۔۔۔ماموں جان مجھے اس بلی کے بچے کو اسی جگہ چھوڑ آنا ہے جہاں سے میں اسے اٹھا لائی تھی۔۔۔زنیرہ نے جلدی سے اپنی بات ختم کی کہ کہیں مطربہ پھر سلسلہ نہ توڑ دے۔۔۔

چھوڑ دینا سے تمہارا کیا مطلب ہے زنیرہ بیٹی۔۔۔ مطلب یہ پاپا کہ مطربہ تم بالکل نہیں بولو گی۔۔۔ مطربہ! جی پاپا ہماری بیٹی کو پریشان نہ کرو۔۔۔جی اچھا I am serious۔۔۔ ہاں !اب بولو زنیرہ بیٹی، زنیرہ نے بلی کے بچے کے متعلق پورا واقعہ اپنے ماموں کو کہہ سنایا اور بولی اگر مجھے ممانی جان ایک اچھی بات نہ بتاتی تو میں ایک بہت بڑے جرم کی مرتکب ہو جاتی جو انجانے میں مجھ سے سرزد ہو تا وہ ایک شیر خوار بچے کو اس کی ماں سے جدا کرنا تھا۔ جیسے ہی مجھے ممانی جان نے یہ بات سمجھائی میں نے فوراً طے کر لیا کہ ہم اسے فوراً سے پیشتر اس کی ماں کے پاس چھوڑ آئیں۔ کیونکہ مجھے اس بات کا شدت سے احساس ہوا کہ جس طرح ہم اپنے والدین کے تیئں یہ سوچتے ہیں کہ وہ ہمیشہ ہمارے ساتھ رہیں تو پھر ہم اس بات کے حقدار نہیں کہ ایک جانور کو بچے کے اس کے حق سے محروم رکھیں۔

(۳) حسن کا کرب

کلثوم ممتاز

دیوار گیر کلاک نے رات کے ایک بجنے کا اعلان کر دیا ہے۔ مگر نیند ابھی تک میری آنکھوں سے غائب ہے۔ میرے ذہن میں رہ رہ کر وہ فقرے اور پھبتیاں گونج رہی ہیں۔ جو آج میرے کانوں نے کلب میں سنی ہیں۔ میرے برابر میں شمسہ اپنے بستر پر سو رہی ہے۔ اس کے لمبے لمبے سیاہ بال اس کے چہرے کو اپنے ہالے میں کئے ہوئے ہیں۔ جیسے چاند بدلیوں میں گھرا ہو۔ اس کی بڑی بڑی قاتل آنکھیں بند ہیں۔ اس کے بے حد خوبصورت چہرے پر فردوسی مسکراہٹ رقص کر رہی ہے۔ جیسے وہ کسی حسین خواب میں کھوئی ہوئی ہو۔ میں ایک نظر شمشہ کی طرف دیکھتا ہوں اور دوسرے ہی لمحہ اپنے وجود کا جائزہ لیتا ہوں۔

آہ میں جتنا کریہہ اور بدصورت ہوں اور وہ اتنی ہی حسین اور نازک ہے۔ مجھے اپنی بدصورتی کا شدت سے احساس ہے۔ بعض دفعہ خیال آتا ہے کہ میں خودکشی کرلوں۔ میں شمشہ کے بالکل قابل نہیں۔ پھر شمشہ کے حسن نے میری الجھنیں اور بڑھا دی ہے۔ میں اس کے سامنے احساس کمتری کا شکار ہو جاتا ہوں۔ شمشہ۔۔۔ معصوم شمشہ اس نے اپنے ہی جیسے خوب رو شوہر کا خواب دیکھا ہو گا۔ مگر اس کے سپنوں کا محل چور چور ہو گیا۔ آہ میں کیا کروں اس میں میرا کیا قصور مجھے اپنے والدین سے شکایت ہے کہ انھوں نے میری مخالفت کے باوجود ایک حور کو مجھ جیسے حبشی کے پلو سے باندھ دیا لیکن کیا شمشہ جیسی بیوی

پا کر میں خوش ہوں؟ بالکل نہیں اور پھر آج کا واقعہ۔

میں ایک مدت کے بعد آج شمشہ کے ساتھ کلب گیا۔ نہ جانے کتنی نگاہیں ہماری جانب اٹھی۔ مجھے ایسا محسوس ہوا کہ جیسے یہ نگاہیں میرا مذاق اڑا رہی ہیں۔ کوئی نگاہ میں طنز۔ کسی میں نفرت و حقارت کوئی نگاہ میں رشک و حسد اور کچھ نگاہ میں ہوس کے شعلے لپک رہے تھے۔ اف کیسی دل کو چیرنے والی تھیں یہ نگاہیں یکایک میں نے سنا کوئی کہہ رہا تھا: "روپئے میں بڑی طاقت ہے دوست"

(۴) بدلتے زاویے

ڈاکٹر حاجی ابوالکلام

آج پھر صبح سویرے چھت پر بیٹھا ہوا کوا کائیں کائیں کر رہا تھا۔ وہ ہمیشہ کی طرح خوش گوار ماحول میں اپنے کام میں جٹی ہوئی تھی کہ کوے کی کائیں کائیں سنتے ہی یکایک سنجیدہ ہو گئی اور اپنے ماضی میں کھونے لگی۔ آج پھر کوئی مہمان آئے گا اور اس کے دل پر اک تیر چلا کر اس کے ارمانوں کا بڑی آسانی سے خون کر دے گا اور وہ تڑپ کر رہ جائے گی۔ کہتے ہیں کہ جب کسی کے مکان پر کوا کائیں کائیں کرتا ہے تو وہاں مہمان آنے والا ہوتا ہے۔ یہ عجب اتفاق تھا کہ کنیزہ کے یہاں جب بھی ایسا واقعہ رونما ہوتا کوئی نہ کوئی مہمان ضرور ٹپک پڑتا۔ اس لئے اس کے گھر والوں کا عقیدہ پختہ ہو چلا تھا۔ ویسے بھی وہ لوگ بڑے ہی قدامت پسند واقع ہوئے تھے۔

کنیزہ ایک متمول گھرانے کی ذہین لڑکی تھی اور اپنی بہنوں میں سب سے بڑی تھی اس لئے اس کی ذمہ داریاں بھی بہت تھیں۔ اس کے والد بزنس مین تھے اور سماج میں اچھی خاصی عزت بھی رکھتے تھے لیکن ان میں ایک بات کی کمی تھی اور وہ یہ کہ وہ لوگ کشادہ ذہن نہیں تھے بلکہ بڑے ہی قدامت پسند واقع ہوئے تھے۔ لڑکیوں کو گھر کی چہار دیواری میں بند رکھنے میں ہی عافیت سمجھتے تھے۔ لڑکیوں کی اعلیٰ تعلیم کے بارے میں تو وہ سوچ بھی نہیں سکتے تھے کیوں کہ ان کے خیال میں اعلیٰ تعلیم حاصل کرنے سے لڑکیوں کے بگڑ جانے کا اندیشہ تھا۔ کالج کی تعلیم تو ان کے لئے زہر کا مقام رکھتی تھی۔ ان کی نظر

میں لڑکیاں کالج میں جا کر آوارہ ہو جاتی ہیں۔ بمشکل تمام کسی مقامی گرلز اسکول سے میٹرک پاس کروالیاتو جیسے حوا کی بیٹیوں پر احسان عظیم کر دیا۔

یہی نہیں بے جا رسومات کے بھی شدت سے پابند تھے۔ ان کے نزدیک اگر صبح سویرے مکان کی چھت پر کوئی کوا کائیں کائیں کرتا تو انہیں یقین ہو جاتا کہ ان کے یہاں کوئی مہمان ضرور آنے والا ہے۔ یہ عجیب اتفاق تھا کہ جب بھی کوئی کوا بھولا بھٹکا اس مکان کی چھت پر بیٹھ کر کائیں کائیں کرتا تو کوئی نہ کوئی مہمان ضرور ٹپک پڑتا تھا جس سے ان کے ذہن میں یہ بات پختہ ہو چکی تھی۔ دادی اماں تو دوڑ کر کوے کے سامنے دانے ڈال دیتیں، پانی رکھ دیتیں تاکہ کوا اسے کھا کر پانی پی کر خوش ہو جائے اور اچھے مہمان کی آمد متوقع ہو۔ کبھی کبھی کوا اگر دانوں کو چونچ نہیں مارتا تو وہ رنجیدہ ہو جاتیں اور دل ہی دل میں مسوس کر رہ جاتیں کہ خدا خیر کرے نہ جانے کیا ہونے والا ہے۔ اگر اتفاقاً کوئی غیر معمولی بات ہو گئی تو ہاتھ ملتیں کہ آج کوے کو دانہ ڈالنے میں ضرور کوئی نہ کوئی کوتاہی ہوئی ہو گی۔ کنیزہ ان سب باتوں سے چڑتی تھی لیکن اس کی سنتا کون تھا۔ اس نے محلہ کی گرلز اسکول سے میٹرک پاس کر لیا تھا اب اسے آگے پڑھنے کی اجازت نہیں تھی۔ اس سے کہا گیا کہ وہ امور خانہ داری میں دلچسپی لے لیکن وہ اس سے متفق نہیں تھی۔ وہ شباب کی دہلیز پر قدم رکھ چکی تھی اور گھر والے چاہتے تھے کہ جلد از جلد اس کے ہاتھ پیلے کر دئے جائیں۔ وہ نہ چاہ کر بھی گونگی بنی رہی۔ اکثر رشتہ دار، غیر رشتہ دار اسے دیکھنے آتے اور ناپسند کر کے چلے جاتے۔ اس میں کمی کیا تھی یہی نا کہ اس کا رنگ سانولا تھا لیکن ناک نقشہ تو بڑا دیدہ زیب تھا۔ ویسے وہ حسین نہ ہو کر بھی حسن میں کسی سے پیچھے نہیں تھی۔ ایسا بار بار ہونے سے وہ تقریباً بد دل سی ہو چکی تھی۔

آج بھی ایسا ہی ہوا۔ کوے کی کائیں کائیں سن کر کنیزہ ایک دم سنجیدہ ہو گئی اور اپنے

ماضی میں کھو گئی۔ دادی اماں نے اس کے سامنے پانی اور دانے ڈال دیے لیکن کوا تھا کہ اس جانب دیکھنے کو تیار نہیں تھا۔ دادی اماں دل ہی دل میں دعائیں کرنے لگیں کہ خدا خیر کرے آج کوئی دل دوز واقعہ رو نمانہ ہو لیکن کرنی کو کون ٹال سکتا تھا۔ کنیزہ کو زبردستی سجایا گیا اور پھر وہی ہوا۔ آنے والے مہمانوں نے اس کی رنگت کی وجہ سے اسے ناپسند کر دیا۔ اس کے دل پر ایسی چوٹ لگی کہ وہ برداشت نہ کر سکی اور رو پڑی۔ گھر والوں نے دلاسہ دیا لیکن وہ فیصلہ کر چکی تھی کہ اب وہ کسی رشتہ کے لئے راضی نہ ہو گی۔

کہتے ہیں قدرت جب کسی کو کسی وصف سے محروم کرتی ہے تو اسے اس سے سوا عطا بھی کرتی ہے۔ کنیزہ کی رنگت میں کمی ضرور تھی لیکن وہ بلا کی ذہین واقع ہوئی تھی۔ اس نے فیصلہ کر لیا تھا کہ وہ زیور حسن کی بجائے زیور علم سے آراستہ ہونے کی کوشش کرتی رہے گی اور اس نے اپنے فیصلہ سے والدین کو آگاہ کر دیا۔ اول تو والدین نے اسے بہت لعنت ملامت کیا لیکن اس کی ضد کے آگے انہیں ہتھیار ڈالنا ہی پڑا۔ اسے کالج جانے کی اجازت تو مل گئی لیکن اس شرط کے ساتھ کہ وہ پردہ میں کالج جایا کرے گی۔ اس نے اس شرط کو منظور کر لیا۔ دادی اماں کی صلواتیں بھی سننی پڑیں، طنز سہنے پڑے کہ بڑی بے باک ہو گئی ہے، کالج جا کر دیدے مٹکاتے پھرے گی، آنکھیں لڑائے گی، خاندان کی عزت مٹی میں ملائے گی وغیرہ وغیرہ۔ وہ دہائی دیتی تھیں کہ اس کے خاندان میں کوئی زیادہ پڑھا لکھا نہیں تھا پھر بھی اسے کمی کیا تھی۔ یہ سب برداشت کر لینے کے بعد اس نے کالج میں داخلہ لے لیا۔ والدین ہمیشہ اس فکر میں رہتے تھے کہ ان کی لڑکی نہ جانے کب ان کی ناک کٹوائے گی۔ کنیزہ انہیں سمجھاتی کہ اگر لڑکی اپنی جگہ مستحکم ہے اور کسی کو بد تمیزی کا موقع نہ دے تو کسی کی کیا مجال کہ اسے چھیڑ سکے۔ پھر بھی وہ اپنی قدامت پسندی کی وجہ سے ہمیشہ فکر مند رہا کرتے تھے۔ دعائیں کرتے، منتیں مانگتے۔ اسی تگ و دو

میں برسوں اسی طرح گزر گئے اور کنیزہ نے کالج سے پوسٹ گریجویٹ کی ڈگری حاصل کرلی۔

ان چند سالوں میں اس میں جو خوش گوار تبدیلیاں واقع ہوئیں اس کا نتیجہ یہ ہوا کہ اس کے والدین کے ذہن صاف ہو گئے اور وہ لڑکیوں کی اعلیٰ تعلیم کی جانب توجہ دینے لگے۔ کنیزہ کے اس قدم سے اس کی بہنوں کے لئے اعلیٰ تعلیم کے دروازے کھل گئے۔

کنیزہ کا تقرر شہر کے کالج میں بحیثیت لکچرر ہو گیا۔ اب وہ زیور علم سے آراستہ ہو چکی تھی اور خود کفیل بھی۔ شادی کے نام سے تو جیسے اسے چڑ سی ہو گئی تھی۔ اس کے لئے اب رشتوں کی کمی نہیں تھی لیکن اس نے انکار کر دیا۔ اس کے والدین اس کا کب تک ساتھ دیتے وہ اپنے آپ کو اکیلا محسوس کرنے لگی۔ اسے جلد ہی سمجھ میں آگیا کہ مرد کے بغیر عورت کا وجود ادھورا ہو کر رہ جایا کرتا ہے۔ اسے اپنا بڑھتا ہوا سن دیکھتے ہوئے اپنا فیصلہ بدلنا پڑا۔

ایک دن صبح سویرے کنیزہ اپنے گھر کے آنگن میں بیٹھی ہوئی تھی کہ یکایک اس کے کانوں سے ایک مانوس آواز ٹکرائی۔ کیا دیکھتی ہے کہ چھت پر بیٹھا ہوا ایک کوا کائیں کائیں کر رہا تھا۔ کوے کی کائیں کائیں سنتے ہی اسے دادی اماں یاد آگئیں اور وہ ہنس پڑی۔

(۵) رد عمل

ڈاکٹر الیاس صدیقی

نرملا کی تقریر ختم ہوتے ہی سنگھانیہ کالج کا اسمبلی ہال تالیوں کی گڑگڑاہٹ سے لرز اٹھا۔ نرملا آہستہ قدمی کے ساتھ اسٹیج کا زینہ اترنے لگی۔ چال میں خوداعتمادی کی جھلک اور چہرے پر پرفارمنس کا نور چمک رہا تھا۔ لبوں پر ہلکا تبسم اور آنکھوں میں طمانیت کی چمک لئے وہ سیدھے مہمان خصوصی کے مخصوص حصے کی طرف بڑھی جہاں اس کے والد ایشور بھائی پٹیل اور والدہ موجود تھی۔ نرملا نے والد کے پیر چھو کر آشیرواد لیا۔ ماں نے بھی گلے لگا کر شاندار کارکردگی کی مبارکباد دی۔

نرملا پٹیل گجرات کے سب سے بڑے صنعت کار اور پٹیل انڈسٹریز کے مالک ایشور بھائی پٹیل کی اکلوتی اولاد تھی۔ ایک تو بڑے باپ کی بیٹی دوسرے خوبصورت، سارا کالج اس کے نام کی مالا جپتا تھا۔ صرف اسی کا کالج نہیں، ریاست گجرات کے دیگر کالجوں کے طلبہ و طالبات میں بھی اس کا شہرہ تھا۔ وجہ یہ تھی کہ اس کی تقریری اور تحریری صلاحیت بلا کی تھی۔ اکثر اس قسم کے پروگراموں میں وہی احمد آباد کے سنگھانیہ کالج کی نمائندگی کرتی تھی اور انعام حاصل کر کے کالج کا نام روشن کرتی۔ آج کا پروگرام بھی آل گجرات ڈبیٹنگ کمپٹیشن تھا، جس میں حصہ لینے کے لئے دور دراز کے طلبہ آئے تھے۔ ڈبیٹ کا عنوان تھا "کیا گجرات کے فسادات گودھرا میں ریلوے بوگی جلانے کا رد عمل تھے؟" نرملا نے عنوان کی حمایت میں تقریر کی تھی۔ کالج کے سینئر اساتذہ کے ایک پینل نے اس کے

لیے تقریر کی تھی۔ منجھے ہوئے مقرروں نے تربیت کر کے اس کی کارکردگی کو بہتر بنانے میں کوئی کسر نہ چھوڑی تھی۔ اس کے دلائل اتنے جاندار اور انداز ایسا دل نشیں تھا کہ شرارتی طلبہ بھی دوران تقریر ہوٹنگ کرنے کی جرات نہ کر سکے۔

سلسلۂ تقریر کے اختتام پر تقسیم انعامات کا جلسہ منعقد ہوا۔ ججوں کے پینل نے نرملا کو اول انعام کا حقدار قرار دیا۔ تالیوں اور سیٹیوں کے شور کے درمیان اس نے صدر جلسہ گجرات کے وزیر اعلیٰ نریندر مودی صاحب کے ہاتھوں ٹرافی قبول کی اور وزیر اعلیٰ کے پاؤں چھو کر آشیرواد لیا۔ نریندر بھائی نے خطبۂ صدارت میں فرمایا: "ہمارے بھائی ایشور بھائی پٹیل کی لائق دختر نے آج اپنی تقریر میں جو دلائل پیش کیے انہیں سن کر بے حد خوشی ہوئی۔ اس تعلق سے عوامی جلسوں میں میں نے جن خیالات کا اظہار اور پرچار کیا تھا، ان کے درست ہونے پر میرا یقین اور مضبوط ہو گیا۔ مجھے گجرات کی اسی بیٹی پر گرو ہے۔ میں نرملا بیٹی، ایشور بھائی پٹیل اور بھابھی صاحبہ کے ساتھ کالج کو بھی مبارکباد دیتا ہوں اور کالج کے لیے گجرات حکومت کی طرف سے ۲۱ ہزار روپئے ڈونیشن کا اعلان کرتا ہوں۔" ہال ایک بار پھر تالیوں سے گونج اٹھا۔

اوبیرائے ہوٹل کی پرشکوہ عمارت روشنیوں سے جگمگا رہی تھی۔ ایشور بھائی نے بیٹی کی کامیابی کی خوشی میں شاندار پارٹی کا اہتمام کیا تھا۔ کالج کے سینکڑوں طلبہ و طالبات کے علاوہ پورا اسٹاف بھی مدعو تھا۔ نرملا کی سہیلیاں اور دوست اسے گھیرے ہوئے تھے۔ ہر طرف قہقہے تھے، ہنسی تھی، باتیں تھیں، زرق برق لباسوں کی چمک تھی اور مبارکبادی کا ایک نہ ختم ہونے والا سلسلہ تھا۔ نرملا بظاہر تو خوش دلی کا مظاہرہ کر رہی تھی لیکن کوئی چیز اندر رہ رہ کر اسے کچوکے لگا رہی تھی۔ اس کے دوست بھی محسوس کر رہے تھے کہ نرملا کچھ بے چین سی ہے۔ وہ بار بار متلاشی نظریں ادھر ادھر ڈالتی جیسے کسی خاص شخص کو

ڈھونڈ رہی ہو۔ آخر اس سے نہ رہا گیا۔ اس نے اپنے قریب موجود ایک سہیلی سے کہا: "شکنتلا! یار تونے شکیلہ کو دیکھا ہے ؟" شکنتلا نے جواب: "پروگرام میں تو موجود تھی۔" اتنے میں قریب ہی کھڑی ہوئی جولی ڈیسوزا بول پڑی: "یار! میں بتانا بھول گئی۔ تیری تقریر کے اختتام پر میں نے اسے ہال سے باہر جاتے ہوئے دیکھا تھا۔ اس ہنگامے میں یاد ہی نہیں رہا۔" شکیلہ نرملا کی عزیز ترین سہیلی تھی۔ دونوں کی دوستی ضرب المثل بن چکی تھی۔ گجرات کے فسادات بھی ان کے تعلقات میں دراڑ پیدا کرنے میں ناکام رہے تھے۔ نرملا افسردہ لہجے میں بولی: "آخر وہ چلی کیوں گئی؟ ایسا کیا ارجنٹ کام نکل آیا۔ کم از کم مبارکباد دینے کو تو رک جاتی۔" جولی نے کہا: "اچھا! فکر مت کر۔ پارٹی ختم ہو جانے دے چل کر دیکھتے ہیں۔" پارٹی ختم ہوئی۔ لوگ ایک ایک کر کے رخصت ہونے لگے۔ نرملا اپنی سہیلیوں کے ہمراہ والد کے پاس پہنچی۔

"پاپا"

"بولو بیٹی!"

"شکیلہ پروگرام چھوڑ کر چلی گئی۔" اس کے لہجے سے اداسی جھانک رہی تھی۔

"کون؟ وہ انعامدار صاحب کی بیٹی؟"

"جی! پتاجی"

"مگر وہ تو تمہارے بہت قریب ہے۔ پھر اس نے ایسا کیوں کیا؟" ایشور بھائی نے حیرت کا اظہار کیا۔

"پتہ نہیں پتاجی۔ میں اس کے گھر جانا چاہتی ہوں۔"

"مگر بیٹا! وہ تو شاہ پور میں رہتی ہے۔ مسلمانوں کا ایریا ہے۔ تم وہاں اکیلی جاؤ گی؟"

"پاپا! ڈرائیور تو رہے گا ہی۔ جولی کو بھی ساتھ لے لیتی ہوں۔"

"ٹھیک ہے! جلد لوٹنے کی کوشش کرنا۔" ایشور بھائی نے اجازت دے دی۔

نرملا جولی کی طرف مڑی۔

"جولی! تو بھی اپنے گھر سے اجازت لے لے، ساتھ چلتے ہیں اور ہاں! ٹرافی ایک کیری بیگ میں رکھ کر ساتھ لے لے۔" جولی جلدی جلدی موبائل فون کے بٹن دبانے لگی۔

شکیلہ کے والد رشید انعامدار اسٹیٹ بینک آف انڈیا میں آفیسر تھے۔ ہر طرح کی آسودگی تھی۔ شاہ پور میں انھوں نے ایک چھوٹا سا بنگلہ بنوایا تھا۔ نرملا اکثر وہاں آجایا کرتی تھی۔ ڈرائیور نے کار ٹھیک ان کے بنگلے کے سامنے روکی۔ نرملا نے کال بیل کا بٹن دبایا۔ دروازہ شکیلہ کی والدہ مریم بی نے کھولا۔ نرملا کو دیکھتے ہی خوشی سے کھل اٹھیں۔ انھوں نے نرملا کو گلے لگا کر کامیابی کی مبارکباد دی۔ نرملا نے حیرت سے پوچھا: "آنٹی! آپ کو رزلٹ کیسے معلوم ہو گیا؟" مریم بی نے جواب دیا: "ابھی ابھی لوکل نیوز چینل نے خبر ریلیے کی ہے۔" شکیلہ کو بھی اس کی آمد کی خبر ہو گئی۔ دوڑ کر آئی اور فرط مسرت سے نرملا سے لپٹ گئی۔ "ارے یار! کیا زبردست تیر مارا ہے۔ تو نے کمال ہی کر دیا۔"

"اچھا اچھا! باتیں مت بنا۔ ایک تو پروگرام سے اٹھ کر چلی آئی اور اب مسکہ مارنے کی کوشش کر رہی ہے۔"

مریم بی نے مسکراتے ہوئے کہا: "اچھا جھگڑا مت کرو اور شکیلہ کے کمرے میں چل کر بیٹھو۔ میں چائے لے کر آتی ہوں۔"

تینوں سہیلیاں شکیلہ کے کمرے کی طرف بڑھیں اور آرام سے اس کی پلنگ پر نیم دراز ہو گئیں۔ نرملا کے دل میں ایک ہلچل مچی ہوئی تھی۔ بیٹھتے ہی بے ساختہ بولی: "یار اب جلدی سے بتا۔ پروگرام چھوڑ کر کیوں آئی؟"

"بتاتی ہوں، بتاتی ہوں۔ ذرا صبر کرو۔ چائے وائے پیو۔۔۔"

"ہم یہاں چائے پینے نہیں آئے ہیں۔ جولی کا اضطراب بھی بڑھنے لگا۔ "جلدی بتا، ورنہ۔۔۔"

شکیلہ نے ان کے صبر کا مزید امتحان لینا مناسب نہ سمجھا۔ وہ جانتی تھی کہ اس کا بغیر اطلاع کے چلے آنا سب ہی کو گراں گذرا ہو گا۔ شکیلہ کے چہرے پر اداسی کے سائے لہرانے لگے۔ نرملا اور جولی نے بھی محسوس کر لیا۔ شکیلہ نے سنجیدہ لہجے میں کہنا شروع کیا:

"بات دراصل یہ ہے کہ میں ڈر گئی تھی۔"

"ڈر گئی تھی؟ کس سے ڈر گئی تھی۔" نرملا نے جلدی سے پوچھا۔

"سنو گی تو ہنسو گی، مگر بات بالکل سچ ہے۔" شکیلہ نے بیان جاری رکھا۔

"اچھا اب پھوٹو بھی۔۔۔" نرملا بے چین ہو گئی۔

شکیلہ نے بات آگے بڑھائی: "نرملا! جب تو تقریر ختم کر کے زینے سے اتر رہی تھی تو۔۔۔" وہ کہتے کہتے رک کر خلاء میں گھورنے لگی۔ ایسا معلوم ہوتا تھا جیسے وہ کسی غیر مرئی شئے کو دیکھنے کی کوشش کر رہی ہے۔

"تو کیا ہوا؟" اب کے جولی سے نہ رہا گیا۔

"میں نے دیکھا کہ نرملا کی پشت پر ایک سیاہ سایہ لہرا رہا ہے۔"

"اسٹیج کی لائٹنگ کی وجہ سے ہو گا۔" نرملا نے اب بھی اس کی بات کو سنجیدگی سے نہیں لیا۔

شکیلہ نے تردید کرتے ہوئے کہا: "اسٹیج پر تو روشنی ہی روشنی تھی۔ سائے کا کیا سوال؟ اس کے باوجود میں نے بھیانک شکل کا ایک سیاہ سایہ دیکھا جو تیری طرف لپک رہا تھا۔"

"کیوں ڈرانے کی کوشش کر رہی ہے۔" نرملا کے بدن میں خوف کی ہلکی سی لہر دوڑ گئی۔

"میں بالکل سچ کہہ رہی ہوں بہن! اسے دیکھتے ہی میں نے فوراً گھر جانے کا فیصلہ کر لیا۔"

"عجیب بے وقوف ہے۔ گھر چلے جانے کا کوئی مطلب ہی نہیں تھا۔ تو وہاں رک کر بھی مجھے بتا سکتی تھی۔" نرملا نے الجھن بھرے لہجے میں کہا۔ "بتانا تو نہیں چاہئے لیکن تم لوگوں سے چھپانا بھی مناسب نہیں۔ گھر پہنچ کر میں نے دو رکعت نماز پڑھی، آیت کریمہ کا ورد کیا، آیت الکرسی پڑھی اور اللہ سے دعا مانگنے بیٹھ گئی کہ مولائے کریم! میری بہن نرملا کو ہر بلا سے محفوظ رکھنا۔" کہتے کہتے شکیلہ کی آواز بھرا گئی۔ اس کی دونوں سہیلیاں حیرت سے آنکھیں پھاڑے اس کی طرف دیکھتی رہ گئیں۔ اگرچہ نماز اور دعا کے علاوہ وہ بالکل نہ سمجھ سکیں کہ شکیلہ نے کیا پڑھا۔ اس کے باوجود ممنونیت اور احسان مندی کے جذبات نرملا کے چہرے اور آنکھوں سے نمایاں تھے۔

ٹھیک اسی وقت مریم بی چائے کی ٹرے ہاتھوں میں اٹھائے کمرے میں داخل ہوئیں۔ ماحول کا بوجھل پن انھوں نے فوراً محسوس کر لیا۔ جولی نے آگے بڑھ کر ان کے ہاتھوں سے ٹرے لے لی۔ اتنے میں انعامدار صاحب بھی کمرے میں داخل ہوئے۔ وہ چہل قدمی کر کے واپس آ چکے تھے۔ نرملا جلدی سے اٹھ کر ان کے قدموں پر جھک گئی۔ انعام دار صاحب نے بھی اسے مبارکباد اور دعائیں دیں۔

چائے کا وقفہ خاموشی میں گذر گیا۔ نرملا کی سمجھ میں نہیں آ رہا تھا کہ وہ اپنے جذبات اور تشکر کا اظہار کن الفاظ میں کرے۔ خاموشی کو شکیلہ نے ہی توڑا: "اس کے علاوہ وہاں سے نکل آنے کا ایک سبب اور تھا۔" دونوں ہمہ تن گوش ہو گئیں۔ "گجرات کے فسادات

کو گودھرا کارد عمل دکھانے والی تقریریں میرے لئے نا قابل برداشت ہو گئی تھیں۔"

اب نرملا کو موقع ملا گیا: "کیا مطلب! مہینے بھر سے تو مجھے تقریر کا ریہرسل کرتے سن رہی تھی، تب تو تونے ایک لفظ بھی نہیں کہا۔"

"ہاں! نہیں کہا۔" شکیلہ زور دے کر بولی۔ "اور اس لئے نہیں کہا کیونکہ میں جانتی تھی کہ جذباتی نوجوانوں کو رد عمل کا یہی فلسفہ یا نظریہ پسند آئے گا اور وہ عنوان کی حمایت میں کی جانے والی تقریروں کو ہی رسپانس دیں گے۔ اور میں تجھے کامیاب دیکھنا چاہتی تھی، اگرچہ میں اس سے بالکل اتفاق نہیں رکھتی۔"

"پھر تو کس فلسفے کو مانتی ہے؟" جولی کا تجسس بول اٹھا۔

"رد عمل کے فلسفے کو۔" شکیلہ نے مسکرا کر کہا۔

"کیا بکواس ہے؟" نرملا چڑ گئی۔

"بکواس نہیں حقیقت ہے۔" شکیلہ نے بات آگے بڑھائی۔ "رد عمل تو رد عمل ہوتا ہے مگر ہر رد عمل کی نوعیت میں فرق ہوتا ہے۔ شیخ سعدی فارسی کے ایک بڑے شاعر تھے۔ انھوں نے اپنی کتاب میں ایک شعر لکھا ہے:

باراں کہ در روانی طبعش خلاف نیست

در باغ لالہ روید و در راغ بوم و خس

مطلب یہ ہوا کہ بارش کے پانی کی پاکیزگی میں کسی کو اختلاف نہیں ہے مگر یہی بارش باغوں میں لالے کے پھول اگاتی ہے اور جنگل میں جھاڑ جھنکاڑ۔۔۔"

نرملا اور جولی پوری توجہ سے اس کی باتیں سن رہی تھیں۔ "میں گودھرا کے واقعے کی حمایت میں نہیں ہوں۔ اگر وہ حادثہ تھا تو سخت افسوسناک تھا اور سازش تھی ہر طرح سے قابل مذمت ہے۔ لیکن اسے بہانہ بنا کر رد عمل کے نام سے شیطانیت نے جو ننگا ناچ

ناچاہے مجھے اس سے اختلاف ہے۔" کہتے کہتے شکیلہ جولی سے مخاطب ہوئی: "جولی! تو بتا، جیسس کرائسٹ نے طمانچہ مارنے والے شخص کے بارے میں کیا کہا ہے۔"

جولی سنبھل کر بولی: "یہی کہ اگر کوئی تمہارے ایک گال پر طمانچہ مارے تو دوسرا گال بھی پیش کر دو۔"۔۔۔ "ٹھیک" شکیلہ بولی: "یہ تھا جیسس کرائسٹ کا رد عمل کا نظریہ، تم لوگ بور تو نہیں ہو رہی ہو۔"۔۔۔ "نہیں! نہیں! تم کہتی رہو۔"

شکیلہ کی تقریر جاری رہی۔ اسلامی تاریخ تو اس قسم کے واقعات سے بھری پڑی ہے۔ میں تاریخ کا عظیم ترین واقعہ سنا کر اپنی گفتگو ختم کر دوں گی۔ اللہ کے نبی حضرت محمد صَلَّى اللهُ عَلَيْهِ وَسَلَّمَ نے مکہ فتح کر لیا۔ مکہ کے بڑے بڑے سردار شکست خوردہ سر جھکائے کھڑے تھے۔ ان میں وہ لوگ بھی تھے جنھوں نے آپؐ کے قتل کی سازشیں کی تھیں، آپؐ کو پتھروں سے لہولہان کیا تھا، آپؐ پر غلاظتیں پھینکی تھیں، آپؐ کا اور آپؐ کے خاندان کا بائیکاٹ کیا تھا، آپؐ سے جنگیں لڑی تھیں، آپؐ کے چچا کا کلیجہ چبایا تھا، آپؐ کے ساتھیوں کو کانٹوں پر گھسیٹا تھا، آپؐ کے ماننے والوں کو جلتی ریت پر لٹا کر اذیتیں دی تھیں۔" شکیلہ کا جوش بڑھتا جا رہا تھا۔ اس کا چہرہ سرخ ہو چلا تھا۔ دونوں سہیلیاں اس کے چہرے کے بدلتے رنگ کو بغور دیکھ رہی تھیں۔ "مکہ کی عوام، ان کی فوج اور ان کے سردار حضرت محمدؐ کے رد عمل کے منتظر تھے۔ وہ بھیانک رد عمل جسے دیکھ کر تاریخ کی آنکھیں پتھرا جائیں۔۔۔ مگر ٹھہرو۔" وہ ذرا دیر کیلئے رکی۔ "ایک ذرا تاریخ پر نظر ڈال لیں۔ نادر شاہ نے رد عمل کا یہ فلسفہ اختیار کیا تو دلی میں قتل عام کا حکم ہوا اور دلی کا گلیاں معصوموں اور بے گناہوں کی لاشوں سے پٹ گئیں۔ ہٹلر کے رد عمل نے ساٹھ لاکھ یہودیوں کو موت کی نیند سلا دیا۔ جارج بش کے رد عمل نے عراق اور افغانستان میں معصوم بچوں، عورتوں اور بوڑھوں کو بھی نہیں بخشا اور جس کے دست مبارک سے تم ٹرافی لے کر آئی ہو، اس کے

رد عمل کے فلسفے نے گجرات کو جہنم بنا کر رکھ دیا۔ یہاں تک کہ رد عمل کے تیز خنجر نے ماں کے پیٹ میں پلتی اولاد کو بھی نہیں چھوڑا۔" شکیلہ کے لہجے میں تلخی در آئی۔ اس کی دونوں سہیلیاں مبہوت بیٹھی رہیں اور شکیلہ کے چہرے کو تکتی رہیں۔ انہیں یقین نہیں آ رہا تھا کہ یہ ان کے ساتھ اٹھنے بیٹھنے والی شکیلہ بول رہی ہے۔ وہ آج انہیں اپنی عمر سے بڑی دکھائی دے رہی تھی۔ دونوں خود کو طفل مکتب محسوس کر رہی تھیں۔ ان کا دل چاہتا تھا کہ وہ بولتی رہے اور وہ سنتی رہیں۔ شکیلہ نے پھر کہنا شروع کیا۔۔۔ "تو میں کہہ رہی تھی کہ مکہ کی ہاری ہوئی فوج حضرت محمد ﷺ کے رد عمل کی منتظر تھی۔ آپؐ نے ان سے پوچھا: "اے مکہ کے لوگو! کہو اب میں تمہارے ساتھ کیا سلوک کروں؟"مکہ کے لوگوں نے جواب دیا: "اے محمد ﷺ تم تو ہمارے بھائی ہو۔" آپ نے فرمایا: "تب میں تمہارے ساتھ وہی سلوک کرتا ہوں جو حضرت یوسفؑ نے اپنے بھائیوں کے ساتھ کیا تھا۔ پھر کہہ کر لاتثریب علیکم الیوم۔ جاؤ آج تم پر کوئی الزام نہیں۔ "میری عزیز بہنو! آپؐ کے ساتھ خون کی پیاسی دس ہزار برہنہ تلواریں انتقام لینے کو بے قرار تھیں۔ آپؐ کا اشارہ ہو جاتا تو مکہ کی گلیوں میں خون کی ندیاں بہہ جاتیں اور کوئی شخص بھی زندہ نہ بچتا۔ لیکن آپ کا رد عمل یہ تھا کہ آپ نے سب کو عام معافی دے دی۔ یہ ہے رد عمل کا وہ فلسفہ جس پر میرا یقین ہے۔ اسلام اسی جذبے کی وجہ سے پھیلا ہے۔ خون کی پیاسی وہ تلواریں تو کب کی نیاموں کے اندر واپس چلی گئیں۔۔۔"

اتنا کہہ کر شکیلہ چپ ہو گئی۔ نرملا اور جولی بھی سکتے میں تھیں۔ ماحول پر عجیب طرح کا بوجھل پن طاری تھا۔ اس خاموشی کو نرملا نے توڑا۔۔۔ "میری بہن! تیری باتوں میں کافی وزن ہے۔ لیکن میں سمجھ نہیں پا رہی ہوں۔ تو یہ سب پہلے بھی تو کہہ سکتی تھی۔ آج کیوں سنا رہی ہے؟"۔۔۔ "اس لئے کہ"۔۔۔ شکیلہ اچانک چیخ اٹھی۔ اس پر ایک ہذیانی کیفیت

طاری ہو گئی۔ نرملا اور جولی اس کی اس اچانک تبدیلی سے دہل گئیں وہ چیختے ہوئی بولی: "اس لئے کہ میں یہ بتانا چاہتی ہوں کہ فساد کے دوران سڑک پر ننگا کر کے سب کے سامنے آٹھ وحشیوں نے تمہاری اس بہن کی عزت پر رد عمل کی مہر ثبت کی ہے۔" شکیلہ کا ضبط ٹوٹ گیا اور وہ پھوٹ پھوٹ کر رونے لگی۔ اس انکشاف نے نرملا اور جولی کے دل ہلا دیئے۔ دونوں نے آگے بڑھ کر شکیلہ کو سنبھالا اور اسے گلے لگا کر خود بھی رو پڑیں۔ شور سن کر مریم بی کمرے میں داخل ہوئیں۔ انہیں سمجھنے میں دیر نہ لگی کہ شکیلہ نے اپنا بھید کھول دیا ہے۔ خاموشی سے لوٹ گئیں۔

آنسوؤں کا طوفان تھما تو ماحول پر سکون ہو گیا۔ لیکن اس انکشاف کے سبب نرملا اور جولی کی زبانیں گنگ ہو چکی تھیں۔ بولنا چاہتی تھیں، تسلی دینا چاہتی تھیں لیکن الفاظ نہیں مل رہے تھے۔ ان کے دل شکیلہ کی قوت برداشت اور کردار کو سلام کر رہے تھے جس نے اتنی اہم بات کو اپنے دل میں چھپائے رکھا اور اپنے رویے میں تبدیلی کا ہلکا سا احساس بھی کبھی ہونے نہ دیا۔

"مجھے اپنی فکر نہیں" شکیلہ کی آواز ابھری۔ "گجرات کے مستقبل کی فکر ستا رہی ہے۔ گجرات کی بہو بیٹیوں کا کیا ہو گا؟ اللہ انہیں محفوظ رکھے، کیونکہ میں جانتی ہوں کہ شیر جب آدم خور ہو جاتا ہے تو مذہب نہیں دیکھتا، اسے تو بس انسانوں کا خون پینے سے مطلب ہوتا ہے۔۔۔" نرملا اور جولی اس کی بات کی تہہ تک پہنچ گئیں لیکن خاموش رہیں۔ لگتا تھا وہ شکیلہ کی تشویش میں برابر کی شریک ہیں۔

"میری عزیز بہنو!" شکیلہ نے سر جھکا کر کہا: "میرے پاس دو قیمتی موتی تھے، ایک میری عفت و عصمت کا موتی، دوسرے ایمان کا موتی۔ ایک موتی تو ٹوٹ گیا۔ خدا کا شکر ہے کہ ایمان کا موتی سلامت ہے۔ مجھے اس کے فیصلے کا انتظار ہے۔" اس نے اوپر کی

طرف انگلی کا اشارہ کیا۔

نرملا اور جولی جب مکان سے باہر آئیں تو مطلع صاف تھا۔ تارے ٹمٹما رہے تھے، چاند پوری آب و تاب سے چمک رہا تھا۔ کار روانہ ہوئی۔ دونوں اپنے خیالات میں گم خاموشی سے سفر کرتی رہیں۔ دریا کے پل پر پہنچ کر نرملا نے ڈرائیور کو کار کنارے روکنے کا حکم دیا۔ اس نے کیری بیگ سے ٹرافی نکالی اور جولی کے ہاتھ میں تھما دی۔ جولی بھی شاید اپنی سہیلی کا ذہن پڑھ چکی تھی۔ اس نے ہاتھ باہر نکالا اور ٹرافی دریا میں اچھال دی۔ کار آگے بڑھ گئی۔

وقت گذرتا گیا۔ آہستہ آہستہ کالج کے تمام دوست اپنی تعلیم مکمل کر کے رخصت ہو گئے۔ نرملا نے ایم اے کرنے کے بعد گجرات کے لوک گیتوں پر تحقیقی کام کرنے کے لیے پی ایچ ڈی کا رجسٹریشن کروالیا۔ وہ گاؤں گاؤں گھومتی، لوگوں سے ملاقاتیں کرتی، لوک گیت سنتی، انہیں ٹیپ ریکارڈ میں قید کرتی۔ گیت سنانے والوں کی ویڈیو فلم بناتی اور نوٹس تیار کرتی۔ اس کا چچازاد بھائی اشوک اس کے ساتھ ہوتا تھا۔ وہی کار ڈرائیو کرتا اور اس کے لیے قیام کا انتظام بھی کرتا۔ اپنے کام میں وہ ایسا ڈوبی کہ دوستوں کو بھی بھول گئی۔ دیکھتے دیکھتے ایک برس بیت گیا۔

ایک دن اسے طلاع ملی کہ گجرات کے ایک قصبے دھامن گاؤں کی خواتین کے پاس لوک گیتوں کا خاصا ذخیرہ ہے۔ اس نے اشوک کو ساتھ لیا اور دھامن گاؤں پہنچ گئی۔ دھامن گاؤں میں اس کی فیکٹری کے ایک ملازم کی سسرال تھی۔ اس نے وہیں قیام کیا اور اپنے کام میں مصروف ہو گئی۔

ایک دن وہ کمرے میں بیٹھی کچھ لکھ رہی تھی کہ باہر سے کسی نے آواز دی:

"اشوک!" نرملا باہر آئی۔ اس نے دیکھا باہر ایک نوجوان کھڑا تھا وہ پہچان گئی۔ وہ دیپک تھا، اس نے اسے اکثر اشوک کے ساتھ دیکھا تھا۔ دیپک نے کہا: "دیدی !اشوک گھر پر ہے ؟" "نہیں " نرملا نے کہا۔ "وہ کہیں گیا ہوا ہے۔"۔۔۔ "اچھا ٹھیک ہے ، میں پھر آ جاؤں گا۔"۔۔۔ "مگر بات کیا ہے ؟"نرملا نے پوچھا۔ دیپک نے کہا:" دیدی !ایک جگہ کچھ خواتین جمع ہیں۔ ان کے پاس بہت سے آبائی لوک گیت ہیں۔ اشوک ہوتا تو ساتھ چلتے۔۔۔"

نرملا کے جذبۂ تحقیق نے سر ابھارا۔۔۔ "ارے ٹھہرو! میں ساتھ چلتی ہوں۔" نرملا نے ٹیپ ریکارڈ اور ویڈیو کیمرہ ایک بیگ میں رکھا اور دیپک کے ساتھ روانہ ہو گئی۔ گاؤں سے کچھ دوری پر ایک مکان کے قریب پہنچ کر دیپک نے کہا: "دیدی !تم اندر چلی جاؤ۔ عورتیں بیٹھی ہیں ، ان سے باتیں کرو، میں باہر رک کر انتظار کرتا ہوں۔" وہ مکان میں داخل ہوئی۔ اندر عورتوں کی بجائے چھ مرد موجود تھے۔ نرملا خطرے کو بھانپ کر تیزی سے پلٹی لیکن دیر ہو چکی تھی۔ دروازہ باہر سے بند ہو چکا تھا۔ صبح ایک درخت کے پاس سے اسے بے ہوشی کی حالت میں اٹھا کر گھر پہنچایا گیا۔ شام ہوتے ہوتے اشوک اسے لے کر احمد آباد کے لئے روانہ ہو گیا۔

نرملا نے اپنا تحقیقی مقالہ مکمل کر لیا جسے پی ایچ ڈی کے لئے منظور کر لیا گیا۔ گجرات یونیورسٹی کا کنووکیشن ڈے آ گیا۔ یونیورسٹی کا فنکشن ہال کھچا کھچ بھرا ہوا تھا۔ نرملا نے اپنے تمام پرانے دوستوں اور سہیلیوں کو اطلاع دے دی تھی۔ ایشور بھائی اور ان کی اہلیہ بھی مہمانانِ خصوصی میں شامل تھے۔ نرملا ہر ایک سے ہنس ہنس کر باتیں کر رہی تھی۔ لگتا نہیں تھا اس کے ساتھ کوئی بڑا حادثہ ہوا ہے۔ کانووکیشن کی تقریبات کا آغاز ہوا۔ اتفاق سے آج کے پروگرام کی صدارت بھی نریندر مودی فرمارہے تھے۔ اناؤنسر کی آواز آئی:

"پی ایچ ڈی میں ٹاپ گریڈ پانے والی ریسرچ کی طالبہ مس عائشہ پٹیل اسٹیج پر تشریف لائیں اور محترم وزیر اعلیٰ کے دست مبارک سے ڈگری قبول کریں۔" مجمع میں موجود لوگ سر اٹھا کر چاروں طرف دیکھنے لگے۔ ان کی متلاشی نگاہیں اس خوش نصیب کو دیکھنے کے لئے بے چین تھیں۔ اچانک نرملا پٹیل اپنی جگہ سے اٹھی اور کسی شہزادی کی طرح اسٹیج کی طرف بڑھنے لگی۔ نرملا کو سبھی جانتے تھے۔ اسے عائشہ پٹیل کے روپ میں آگے بڑھتے دیکھ کر کتنوں کے منہ سے حیرت کے مارے چیخ نکل گئی۔ مجمع سناٹے میں آگیا۔ یہاں تک کہ نرملا کی قریبی سہیلیاں اور دوست بھی تالیاں بجانا بھول گئے۔ کلرک نے نرملا سے رسید لی، فوٹو دیکھا اور اسے ڈگری قبول کرنے کا اشارہ کیا۔

نریندر بھائی اپنے دوست کی بیٹی نرملا کو کیسے بھول سکتے تھے۔ نرملا کے قریب پہنچنے پر انھوں نے آہستہ سے کہا: "نرملا بیٹی؟"۔۔۔ "عائشہ سر!" نرملا نے انہیں ٹوک دیا۔ نریندر بھائی نے پوچھا: "مگر یہ ہوا کیسے؟" نرملا نے مسکراتے ہوئے کہا: "رد عمل سر!" یہ کہہ کر ڈگری ان کے ہاتھ سے لے لی۔ نریندر بھائی نے آہستہ سے کہا: "بیٹی! ہندوستانی روایت کے مطابق تم نے پاؤں نہیں چھوئے۔" نرملا نے بیباکی سے کہا: "میرا مذہب مجھے پیر چھونے سے منع کرتا ہے سر!" یہ کہہ کر مجمع سے باہر نکل گئی۔

(۶) پنکھڑیاں (افسانچے)

ڈاکٹر اشفاق احمد

فرق

دونوں بھائیوں نے جب ایک دوسرے کی بغل میں مکانات بنائے تو ایک نے تین منزلہ عمارت کھڑی کر دی اور دوسرا بھائی تین کمروں پر مشتمل سادہ سا مکان بڑی مشکلوں سے بنا سکا۔

یوں تو دونوں بھائی ایک ہی محکمہ میں کلرک کے عہدے پر فائز تھے۔۔۔ فرق صرف ٹیبل کا تھا۔۔۔!!

دھواں دھواں آرزو

شاید وہ دس گیارہ سال کی بچی ہو گی اس نے ہاتھ ہلا کر مجھ سے لفٹ مانگی میں نے گاڑی روک کر اسے بٹھالیا۔ لیکن مجھے اس کا اس طرح لفٹ مانگنا اچھا نہیں لگا۔

میں نے کہا: "کہاں جانا چاہتی ہو۔۔۔؟"

"درپن نگر"

"درپن نگر جانا ہی تھا تو بس کا انتظار کر لیتی۔۔۔"

"بس سے جانے کے لئے پیسے چاہئے اور میرے پاس۔۔۔" وہ کہتے کہتے رک گئی۔۔۔

"اچھا۔۔۔ درپن نگر میں کہاں ڈراپ کروں۔"

"بیئر بار کے پاس۔۔۔"

"کیا تم بیئر بار میں کام کرتی ہو۔۔۔"

"نہیں میں بیئر بار کے سامنے کھڑی کاروں پر پڑی دھول صاف کرتی ہوں۔"

"کتنا مل جاتا ہے۔۔۔؟"

"یہی بیس پچیس روپئے۔۔۔ لیکن منیجر نے کہا ہے تم جلدی بڑی ہو جاؤ میں تمہیں بیئر بار میں رکھ لوں گا تب مجھے تنخواہ بھی ملے گی اور ٹپس الگ۔۔۔!

آپ بھگوان سے میرے لئے پراتھنا کرو کہ میں جلدی سے بڑی ہو جاؤں۔

میں نے کہا: "ہاں ہاں کیوں نہیں۔۔۔"

تھوڑی دیر خاموشی کے بعد وہ خود کہنے لگی میری ترقی ہو جائے پھر دیکھنا میں اپنے بوڑھے پتاجی کو کچھ نہیں کرنے دوں گی۔ میں سوچنے لگا یہ غریبی بھی کیسی مجبوری ہے جہاں بچے اپنا انمول بچپن بے چینی سے جوانی کے انتظار میں گزارتے ہیں۔

درپن نگر کا بیئر بار آیا تو میں نے دیکھا میری اسکوٹی سے اتر کر بیئر بار جاتی ہوئی وہ دس گیارہ سال کی چھوٹی سی بچی مجھے یوں بھی بہت بڑی معلوم ہو رہی تھی!!!

سمجھوتہ

اس نے اپنے خط میں لکھا تھا۔۔۔ "میں نے اجنبی زندگی سے سمجھوتہ کر لیا ہے۔ اب مجھے ساری خوشیاں مل گئی ہیں میں بہت خوش ہوں۔ اب تم میرے بارے میں سوچا نہ کرو خدا کرے تمہاری زندگی بھی تمہیں خوشیاں دیں۔۔۔"

اس کا خط میں مشکل سے پڑھ پاتا ہوں کیونکہ سیاہی جگہ جگہ سے پھیلی ہوئی ہے۔

میرے چہرے پر مسکراہٹ کی ایک ہلکی سی کرن نمودار ہوتی ہے اور پھر اس کے خیال کے دو موٹے موٹے آنسو میری پلکوں پر چمکتے ہیں اور خط پر بنے ہوئے باقی حرفوں کو بھی سیاہی بنا دیتے ہیں۔ شاید یہ دیکھنے کے لئے کہ۔۔۔ "میں بھی بہت خوش ہوں مجھے بھی ساری خوشیاں مل گئی ہیں۔۔۔ پلیز تم میرے بارے میں سوچا نہ کرو۔۔۔!!!

جنازہ

وہ اردو زبان کا مشہور و معروف محقق، ادیب و شاعر تھا۔ اس نے اپنی زندگی میں اردو زبان و ادب کی ترقی اس کی اشاعت اور مادری زبان کی اہمیت و ضرورت پر سینکڑوں مقالے لکھے اور پڑھے تھے ایک دن اچانک اس کا انتقال ہو گیا اس کی حادثاتی موت کے دو ماہ بعد ان کے فرزندوں نے اپنے والد کی کتابوں کا اثاثہ باہر نکالا کتابوں سے کئی الماریاں پر تھیں۔ پاس پڑوس کے لوگ کتابوں کی الماریوں کے اطراف ہاتھ باندھے کھڑے تھے اور ان کے بچے اس اثاثہ کو کباڑی کی دکان پر لے جانے کی تیاری کر رہے تھے۔ وہ اثاثہ اب ان کے کسی کام کا نہ تھا کیونکہ ان کی پوری تعلیم انگلش میڈیم سے ہوئی تھی!!!

(۷) زمین پھٹ کر جو بھگوان نکلا

دیپک بُدکی

مارننگ واک سے واپس آکر وہ اپنے باغ میں بید کی کرسی پر بیٹھ گیا اور چائے کا انتظار کرنے لگا۔ اچانک اس کی نظر سامنے پیڑ کے نیچے پڑے ہوئے شولِنگ پر پڑی۔ وہ چونک گیا اور خیر گی کے عالم میں اپنی بیوی کو بلانے لگا۔

"شوبھا۔۔۔ شوبھا، اِدھر آؤ۔ دیکھو یہ سامنے پیڑ کے نیچے کیا پڑا ہے۔"

اس کی سمجھ میں نہیں آرہا تھا کہ پیتل کا بنا ہوا یہ شولِنگ وہاں کیسے پہنچ گیا۔

دریں اثنا ایک سن رسیدہ عورت جس کے بیشتر بال نقرئی تھے، اس کے سامنے حاضر ہوئی اور پوچھنے لگی۔

" کہو جی، کاہے کو بلایا۔ کوئی سانپ وانپ نکل آیا ہے کیا؟"

"اری نہیں، سانپ ہوتا تو کیا تجھے بلاتا۔ وہ دیکھو اس پیڑ کے نیچے کیا پڑا ہے۔"

وہ پیڑ کے قریب چلی گئی اور شولِنگ کو ہاتھ میں اٹھا کر پرکھنے لگی۔

"ہاں جی یہ تو سچ مچ کا شولِنگ ہے۔ تعجب ہے یہ اِدھر کیسے آیا؟۔"

"کیا معلوم، کسی نے پھینک دیا ہوگا۔"

" کیسی باتیں کرتے ہو جی۔ کوئی شولِنگ کو پھینکنے کا دُساہس کر سکتا ہے کیا؟ مجھے تو شک ہو رہا ہے کہ بہو نے کہیں کوئی ٹونا ٹوٹکا نہ کیا ہو۔"

"ٹونا ٹوٹکا اور بھگوان کی مورتی۔ ان دو کا کیا سمبندھ! اس کے لیے تو مُردوں کی

کھوپڑیاں اور ہڈیاں کام آتی ہیں۔"

"ہو نہ ہو یہ زمین سے پھٹ کر نکلا ہے۔ اور کوئی سمجھاؤنا ہو ہی نہیں سکتی۔ لیکن یہاں زمین پھٹنے کے آثار بھی دکھائی نہیں دیتے۔"

"کون جانے کیسے پرکٹ ہوا ہے لیکن مجھے اس میں کوئی رہسیہ نظر آرہا ہے۔ باقی اوپر والا ہی بہتر جانتا ہے۔"

شوبھا نے بڑی انکساری اور طہارت کے ساتھ شو لِنگ اٹھایا، اسے نہلایا دھلایا، سیندور لگایا اور پھر باغ سے پھول چن کر اس کی پوجا ارچنا کی۔ البتہ ذہن میں بار بار یہی سوال اٹھتا رہا کہ یہ لِنگ یہاں پر کیسے نمودار ہوا۔

اتنی دیر میں نو بج گئے۔ ریوتی لال اگروال نے جلدی سے سنان کیا، کپڑے بدل لیے اور پھر چھڑی اٹھا کر ڈائننگ روم میں داخل ہوا۔

"جلدی سے ناشتہ دو۔ مجھے دیر ہو رہی ہے۔ آج پھر کورٹ جانا پڑے گا۔ تاریخ پڑی ہے۔ نہ جانے میں نے پچھلے جنم میں کون سے برے کرم کیے تھے کہ سندر کی شادی اس گھر میں کر لی۔ ابھی بہو نے گھر میں قدم بھی نہ رکھا تھا کہ گھر جہنم بن کر رہ گیا۔ دراصل وہ سندر کو ہم سے چھین کر الگ رہنا چاہتی تھی مگر ناکام رہی۔ اسی لیے کورٹ میں ہم پر دہیج مانگنے اور یاتنائیں دینے کا الزام لگایا اور ساتھ ہی طلاق اور نان ونفقہ کے لیے بھی درخواست دی۔"

"بھگوان کی جو مرضی۔ اس میں ہم کیا کر سکتے ہیں۔ میں نے اپنی طرف سے لڑکی کے بارے میں پوچھ تاچھ کرنے میں کوئی کسر نہیں چھوڑی تھی۔ شاید ہمارے نصیب میں یہی لکھا تھا۔"

"بہت ہو گیا۔ اب بہتّر سال کی عمر میں اتنی دوڑ دھوپ نہیں ہو پاتی ہے مجھ سے۔

خود سندر بھی ذہنی انتشار کے سبب بلڈ پریشر اور گیسٹرک السر سے جوجھ رہا ہے۔"

" چھوڑو جی ان باتوں میں کیا رکھا ہے۔ دل ہی کھٹّا ہو جاتا ہے۔ ہاں ذرا راستے پر سنبھل کر چلا کرو۔ آج کل راستوں پر بہت ٹریفک ہوتا ہے خاص کر کچہری روڑ پر۔"

ریوتی لال نے پھر اپنی چھڑی اٹھائی اور گھر سے باہر نکل گیا۔

شوبھا دن بھر اسی سوچ میں غرق رہی کہ شولِنگ اس کے گھر میں کیسے نمودار ہوا۔ دھیرے دھیرے اس کو یقین ہونے لگا کہ وہ زمین پھٹ کر ہی نمودار ہوا ہوگا اور بعد میں زمین ہموار ہو چکی ہوگی تاکہ کسی کو کوئی شک نہ ہو۔ بھگوان کی مایا کو کون سمجھ سکتا ہے۔

ریوتی لال دن کے دو بجے گھر لوٹ آیا۔ وہ بھوک اور پیاس سے نڈھال ہو چکا تھا۔ اس کے باوجود پھولے نہیں سما رہا تھا۔ آتے ہی شوبھا کو آواز دی اور مژدہ سنایا۔

" آج کورٹ نے ہمارے حق میں فیصلہ سنایا اور دعویدار پر جھوٹا مقدمہ دائر کرنے اور ہمیں پریشان کرنے کے عوض بیس ہزار روپے کا ہرجانہ لگایا۔ اگر سمدھی جی دو مہینے کے اندر بیس ہزار روپے کورٹ میں جمع نہیں کرے گا تو اسے دو مہینے کی جیل بھگتنی پڑے گی۔"

" ہے بھگوان، تمہارے کھیل ہی نرالے ہیں۔ میں نا کہتی تھی کہ آج ضرور کچھ ادبھت ہونے والا ہے۔ بھگوان جی یوں تھوڑے ہی پرکٹ ہو گئے اور وہ بھی سویرے سویرے۔ یہ سب کرامات اسی کی ہیں۔"

" مجھے بھی ایسا ہی لگتا ہے۔ سچ تو یہ ہے کہ میں بہت تنگ آ چکا تھا۔ کچھ سمجھ میں نہیں آ رہا تھا کہ اس مصیبت سے کیسے چھٹکارا پاؤں۔"

" سنئے، اگر آپ میری بات مان لیں ہم اس جگہ پر شولنگ کی ستھاپنا کریں گے جہاں پروہ پرکٹ ہوا اور اس کے اوپر ایک چھوٹا سا مندر بھی بنوائیں گے۔ شاید بھگوان کی یہی

اِچھّا ہو۔"

"بات تو تم ٹھیک کہتی ہو۔ میں کل ہی کسی مستری سے بات کروں گا۔ ویسے بھی ہمارے گھر میں کہیں کوئی ٹھاکر دوارہ نہیں ہے۔"

دوسرے دن مورتی نصب کرنے کا مہورت دیکھا گیا اور پیڑ کے نیچے ایک چھوٹا سا مندر بنوانے کا آرڈر بھی دیا گیا۔ ریوتی لال کو یکایک یہ احساس ہوا کہ مندر میں نصب کرنے کے لیے شولِنگ بہت ہی چھوٹا پڑے گا اس لیے اس نے بازار سے شِوجی کی ایک بڑی سی مورتی بھی خرید لی۔ نصب کرنے کی شبھ گھڑی اتوار کے تین بجے مقرر ہوئی اور اڑوس پڑوس کے لوگوں کو اس شبھ کاریہ کے لیے دعوت دی گئی۔

شوبھا اتوار کی صبح خود ہی ہمارے گھر نیوتا دینے کے لیے آگئی۔ میں اس وقت ناشتہ کر رہا تھا۔ وہ اندر آئی اور میری بیوی ارچنا سے مخاطب ہوئی۔

"بیٹی، ہمارے گھر میں ساکھشات بھگوان پرکٹ ہوئے ہیں۔ آج دن کے تین بجے مورتی کی ستھاپنا ہو گی۔ البتہ ایک بجے سے بھجن کیرتن کا پروگرام ہے اور آخر میں بھوج ہو گا۔ بس دو ڈھائی گھنٹے کا کاریہ کرم ہو گا۔ آپ دونوں ضرور تشریف لائیں۔ ہم انتظار کریں گے۔"

ارچنا کے چہرے پر عجیب سی دمک پیدا ہو گئی۔ اس کا دل چاہتا تھا کہ دوڑ کر بھگوان کے درشن کر لے مگر دماغ نے اسے روک لیا۔ مجبوراً وہ شوبھا سے مخاطب ہوئی۔

"ٹھیک ہے آنٹی، میں ضرور آؤں گی۔ ان کے آفس میں آج پارٹی ہے اس لیے نہیں آسکیں گے۔" ارچنا نے سراسر جھوٹ بولا کیونکہ اسے معلوم ہے کہ میں ان چیزوں پر وشواس نہیں کرتا۔

پروگرام دن کے ایک بجے شروع ہونے والا تھا۔ ارچنا نے بارہ بجے ہی میرے لیے کھانا بنا کر رکھ دیا اور سج دھج کر پڑوسیوں کے ہاں چلی گئی۔ میں اس کی اس حرکت پر دل ہی دل میں ہنستا رہا اور حسب معمول ڈیڑھ بجے کھانا کھا کر بیڈ روم میں لیٹ گیا۔

ارچنا تقریباً پانچ بجے لوٹ آئی۔ بہت بپھری ہوئی تھی۔ ایسا لگتا تھا کہ جو بھی سامنے آئے گا اسے کھا جائے گی۔ میں نے جونہی اس کے تیور دیکھے سامنا کرنا مناسب نہ سمجھا مگر وہ کہاں ماننے والی تھی مجھے گھور کر چلانے لگی۔

"دیکھا نتیجہ اپنی پاگل حرکتوں کا؟"

"میں کچھ سمجھا نہیں۔ تم کہنا کیا چاہتی ہو؟"

"یہی کہ چار دن پہلے جو شولِنگ تم نے غصے میں آ کر کھڑکی کے باہر پھینک دیا تھا وہ جا کر اگروال والوں کے ہاں گرا تھا۔ ان کے باغ میں پیڑ کے نیچے پڑا تھا۔ وہ سمجھ بیٹھے ہیں کہ زمین سے پھٹ کر نکلا ہے۔"

ارچنا کا منہ غصے سے لال پیلا ہو رہا تھا۔

چار دن پہلے میں ارچنا کی توہم پرستی دیکھ کر آپے سے باہر ہو گیا تھا۔ دراصل جتنی وہ آستک ہے اتنا ہی میں ناستک ہوں۔ شادی کے بعد میں نے پندرہ برس اس کو کیسے جھیلا وہ میں ہی جانتا ہوں مگر وہ اس کو میری کمزوری سمجھنے لگی تھی۔

"آج جنم دن ہے ٹیکا کرنا اور جنئیو پہننا ضروری ہے۔۔۔۔ آج شوراتری ہے، رات بھر آپ کو پوجا میں شامل ہونا ہی پڑے گا۔۔۔۔ آپ کی پرموشن کے لیے میں نے منت مانگی تھی اس لیے اشٹمی کے دن ہون کرنا ضروری ہے۔۔۔۔" یہ سب کچھ سن کر میرے کان پک گئے تھے۔

وہ دھیرے دھیرے میری سوچ و فکر پر حاوی ہونے لگی تھی۔ ایسا لگ رہا تھا جیسے مجھے اب اپنے ڈھنگ سے جینے کا ادھیکار ہی نہیں ہے۔ یہ چھوٹی چھوٹی باتیں لاوا کی مانند اندر ہی اندر جمع ہوتی رہیں اور آخر ایک دن پھوٹ کر باہر نکل آئیں۔ بات یوں تھی کہ وہ اب ڈھونگی اور پاکھنڈی نجومیوں اور سوامیوں کے بہکاوے میں آکر نہ صرف پیسہ برباد کرنے لگی تھی بلکہ گھر کا چین بھی کافور ہو رہا تھا۔

میں نے شولِنگ کو اٹھا کر کھڑکی کے باہر بہت دور پھینکا تھا اور وہ دیکھتی رہ گئی۔ اس وقت تک وہ نہ جانے کیا کیا بول رہی تھی مگر اب اس کی قوتِ گویائی سلب ہو گئی۔ اسے گماں بھی نہ تھا کہ میں ایسا انتہا پسند قدم اٹھاؤں گا۔ اس کی آنکھوں سے جھرنا بہنے لگی۔ پھر وہ پلٹ کر کمرے میں گھس گئی اور گھنٹوں سسکتی رہی۔ شام کو کھانے کی میز پر اسے رہا نہ گیا۔

"معلوم ہے آپ کی اس حرکت کا کیا نتیجہ نکلا؟"

"کیا نتیجہ نکلا، کچھ میں بھی تو سن لوں۔" میں نے حیرت زدہ صورت بنا کر جواب دیا۔

"آپ کو یہ تو معلوم ہے کہ ان کی بہو نے نالش کی تھی۔ ان کے خلاف جھوٹ موٹ کا کیس دائر کیا تھا۔ بڑھاپے میں ان بے چاروں کی کیا حالت ہوئی ہو گی یہ آپ کیا جانیں۔ جس دن آپ نے ان کے گھر میں بھگوان پھینک دیا اسی دن کورٹ نے ان کے حق میں فیصلہ کر دیا اور ساتھ ہی دعویدار پر بیس ہزار روپے کا ہرجانہ ادا کرنے کا حکم بھی دے دیا۔"

"اوہ تو یہ بات ہے! میں بھی حیران تھا کہ تم لوٹتے سمے اتنی خشمگیں کیوں نظر آرہی

تھی۔"

"آپ کو ہر بات میں دل لگی سوجھتی ہے۔ ان لوگوں کے وہم وگماں میں بھی یہ بات نہیں آسکتی کہ وہ بھگوان میرے پاگل پتی دیو نے پھینک دیا تھا۔ انہیں پکا یقین ہے کہ وہ زمین سے پھوٹ کر ہی نکلا ہے۔"

"تم نے بتایا کیوں نہیں۔ اصلیت تو پتہ چل جاتی۔ اب وہ اسی بھرم میں رہیں گے کہ زمین پھٹ کر ان کے یہاں بھگوان نکل آیا۔"

"ان لوگوں کی خوشی کا کوئی ٹھکانہ نہیں۔ انہوں نے بازار سے مزید ایک پتھر کی مورتی خرید لی اور شِولِنگ کے ساتھ ساتھ اس کی بھی ستھاپنا کی۔ اس جگہ پر چھوٹا سا مندر بھی بنوایا۔ اسی لیے ہون کا اہتمام کیا گیا۔ کرتے کیوں نہیں۔ بھگوان نے صرف درشن نہیں دیے اتنا سارا فائدہ بھی تو پہنچایا۔ کبھی کبھی حقیقی دنیا سے فرار پا کر تصوراتی دنیا آباد کرنا زندگی کو تقویت بخشتا ہے۔ مجھے کیا پاگل سمجھ رکھا ہے کہ ان سے وہ خوشیاں چھین لیتی۔"

"دیکھا جائے تو انہوں نے ایک کام غلط کیا۔ ہمارے ہاں یہ بھگوان پندرہ سال سے براجمان تھا۔ غلطی سے کبھی کوئی انڈا بھی نہیں دیا۔ اب ایک جھٹکا کیا لگا بیس ہزار اگل دیے۔ میرے خیال میں اس کو یوں بند کر کے نہیں رکھنا چاہیے بلکہ میری طرح اسے اور بھی دور پھینکنا چاہیے تاکہ کسی اور کے گھر میں مزید تیس چالیس ہزار چھوڑ دے۔" میں اپنی ہنسی کو روک نہ سکا۔

"آپ کو نفسیات کے کسی ماہر کے پاس جانا چاہیے۔ مجھے لگتا ہے آپ کا دماغی سنتُلن بگڑ گیا ہے۔"

" چلو ساتھ ہی چلتے ہیں۔ تمہیں ڈاکٹری مشورے کی ضرورت مجھ سے کہیں

زیادہ ہے۔"

بات آئی گئی ہو گئی۔ آج تک نہ وہ کسی ڈاکٹر کے پاس گئی اور نہ میں۔ دونوں کو اپنی اپنی جگہ یقین ہے کہ میں ہی صحیح راستے پر چل رہا ہوں۔

اُدھر بھگوان نے بھی کوئی اور چمتکار نہیں کیا اور نہ ہی آج تک کوئی ایسی خبر ملی۔

***